L'étranger de l'orage

MARION LENNOX

L'étranger de l'orage

Traduction française de
CHRISTINE MAZAUD

AZUR

HARLEQUIN

Collection : Azur

Titre original :
ENGLISH LORD ON HER DOORSTEP

HARPERCOLLINS FRANCE
83-85, boulevard Vincent-Auriol, 75646 PARIS CEDEX 13
Service Lectrices — Tél. : 01 45 82 47 47 - www.harlequin.fr
ISBN 978-2-2804-6635-6 — ISSN 0993-4448

Composé et édité par HarperCollins France.
Imprimé en décembre 2021 par CPI Black Print (Barcelone)
en utilisant 100% d'électricité renouvelable.
Dépôt légal : janvier 2022.

FSC
www.fsc.org
MIXTE
Papier issu de
sources responsables
FSC® C159065

Pour limiter l'empreinte environnementale de ses livres, HarperCollins France s'engage à n'utiliser que du papier fabriqué à partir de bois provenant de forêts gérées durablement et de manière responsable.

1.

Bryn Thomas Morgan, douzième baron Carlisle, pair du Royaume, pensait que plus rien de grave ne pourrait lui arriver, cette semaine. Grossière erreur !

Fatigué, horrifié et agacé, il cherchait dans le noir, et sous la pluie, le chien qu'il venait de renverser tout en imaginant déjà ce qu'il allait faire.

Si le chien est mort, je l'apporte à la police, j'explique ce qui s'est passé : un virage sans visibilité, et je laisse aux agents le soin de retrouver le propriétaire…

Son avion pour Londres décollait dans trois heures, et il avait encore deux heures de route. Cela lui laissait le temps de s'occuper du chien et d'attraper son vol.

Mais quand il trouva le tas de poils, dégoulinant d'eau, que le choc avait projeté dans le fourré, il était toujours vivant.

Sa superbe voiture italienne ne l'avait pas tué.

Vingt ans plus tôt, alors qu'il apprenait à conduire le 4x4 du domaine de Ballystone Hall, son père lui avait dit de ne pas chercher à éviter un animal errant. « Tu perdras le contrôle de ta voiture. En général, les animaux savent évaluer la distance et la vitesse. En cherchant à les éviter, tu risques de les renverser et, pire, de te tuer toi-même. »

Mais il ne s'agissait pas là d'un veau habitué aux

engins agricoles, gambadant pour rejoindre le troupeau, ni d'un daim effrayé mais agile. Ce chien blanc de taille moyenne errait au beau milieu de la chaussée, tête baissée, comme s'il espérait qu'une voiture débouchant du virage lui fasse le plaisir de l'écraser.

Évidemment, Bryn avait cherché à l'éviter, mais la route, glissante et étroite, ne lui avait laissé ni la place ni le temps de passer à côté. Et maintenant la bête gisait là, dans l'herbe, sur le bas-côté. Sa patte arrière saignait, et ses yeux marron mi-clos le fixaient d'un air implorant.

Quand il se pencha sur l'animal, Bryn se sentit pris d'une émotion qui lui serra la gorge.

Il aimait les chiens, et les siens lui manquaient.

Chez lui, c'était sa mère et le personnel de la ferme qui s'occupaient de ses compagnons avec le soin qu'ils méritaient. Ce n'était pas comme cet animal. Rien qu'à le voir, on savait qu'il avait souffert.

— Je fais quoi maintenant ? grommela-t-il.

Il essayait de devancer un orage qui menaçait de mettre la région à l'arrêt pendant deux ou trois jours. Une armée de juristes l'attendait à Londres. Il fallait qu'il sorte du guêpier dans lequel on l'avait fourré et retrouve Ballystone Hall, la ferme, le bétail, ses occupations. Il fallait aussi qu'il se décide à accepter le titre qu'il détestait. Les problèmes des mois passés avaient assombri son humeur et…

Non. Ne t'engage pas sur ce terrain-là. Pense à l'avion que tu dois prendre.

Mais il y avait ce chien. Une chienne. Allongée sur la route, et qui saignait.

La dernière ville qu'il avait traversée se trouvait à vingt minutes et la prochaine à vingt-cinq.

Il était 20 heures.

La chienne le regardait comme si elle s'attendait à le voir brandir une hache.

— Ne t'inquiète pas, lui dit-il, caressant son oreille baissée. Laisse-moi réfléchir.

Il se trouvait dans une région agricole, à l'ouest de Melbourne. Qui dit ferme dit vétérinaire. Il n'avait qu'à téléphoner pour avertir le spécialiste de son arrivée et le payer grassement pour lui laisser la responsabilité de soigner la bête et de retrouver son propriétaire.

Pour commencer, il fallait dégager la route. Il pleuvait toujours, et le tonnerre grondait, de plus en plus menaçant. La chienne saignait. Le sang ne giclait pas, il s'écoulait doucement, mais assez tout de même pour inquiéter. Il avait besoin de serviettes…

Il voyageait toujours léger et ne s'embarrassait jamais de linge, évidemment. Il était en Australie pour essayer de redorer le blason de la famille après les malversations de son oncle. L'agence, soucieuse de récupérer des fonds pour se rembourser, venait reprendre cette voiture, demain, dans le parking de l'aéroport. Quelle tête ils feraient s'ils trouvaient des sièges barbouillés de sang ! Cela ne ferait qu'ajouter à la catastrophe qu'avait provoquée son oncle.

— Avec une pilule, ça aurait été plus simple, marmonna-t-il à l'adresse de l'animal.

Mais, déjà, il ôtait sa veste et la glissait sous la chienne pour la soulever sans lui faire mal. Il retourna ensuite à la voiture et prit une chemise pour bander la patte blessée.

— Tu as de la chance dans ton malheur, dit-il s'adressant à l'animal, tu n'as que la patte de blessée.

Tout en s'affairant autour de l'animal, il continua de marmonner.

— Je vais téléphoner au vétérinaire de la ville voisine pour qu'on se retrouve quelque part. Autant filer d'ici et te mettre au chaud et à l'abri avant que l'orage ne nous piège. Pour ce qui est de mon vol, je devrais pouvoir le prendre, et tant pis pour les limitations de vitesse !

Charlotte Foster – Charlie pour les intimes – n'aimait pas les orages… C'était un euphémisme. Là-bas à Melbourne, dans son coquet petit studio entouré, des deux côtés, par de solides maisons de ville, elle pouvait fermer les volets, monter le son de sa musique et faire comme si elle n'entendait rien. Mais ici, dans cette ferme quelque peu délabrée, au toit de zinc rouillé, elle n'avait pas de voisins sur des dizaines de kilomètres et elle était entourée de chiens plutôt nerveux.

Si Grandma avait été là, elle se serait glissée à côté d'elle dans son lit. Elle ne comptait plus le nombre de fois où, enfant, elle avait fait ça. Cet endroit avait été son refuge, son havre. Grandma allait la chercher à l'école à toutes les vacances et la ramenait ici, chez elle, dans cette maison peuplée de chiens, de désordre et d'amour.

Elle renifla.

Elle ne reniflait pas d'habitude mais, depuis des semaines, elle n'arrêtait pas. Quelquefois même, elle faisait plus que cela…

Grandma…

Elle avait un trou béant dans le cœur, qui n'était pas près de se refermer.

Les chiens, aussi, se comportaient comme si leur monde s'était écroulé. C'était ça, d'ailleurs. Depuis qu'elle était ici, plusieurs semaines maintenant, elle ne savait que faire d'eux. C'étaient des bêtes dont on ne voulait plus et que Grandma Betty avait recueillies, incapable qu'elle était de dire non à qui que ce soit.

Charlie ne savait toujours pas ce qu'il allait advenir d'elles. Il était hors de question qu'elle ramène six chiens dans son petit studio, sept si elle comptait Flossie, la chienne qu'elle avait pourtant presque perdu tout espoir de revoir.

Le mot de Betty la hantait. Ce dernier soir… Elle devait pressentir quelque chose. Une douleur dans la poitrine ? Une difficulté à respirer ? Comment savoir ? Toujours est-il qu'au lieu de faire ce qu'il aurait fallu, appeler une ambulance, elle s'était assise et avait laissé des instructions à Charlie.

Je sais que tu sais tout ça, mais je te rappelle quand même quelques détails.
Possum est une espèce de fox-terrier. Il a neuf ans. Il adore sa socquette noir et blanc. Si par malheur il l'égare, j'en ai en réserve dans le tiroir du bas de ma commode.
Fred est mi-basset, mi-poubelle ! Il mange tout ce qui lui tombe sous la patte, même si c'est immangeable. Ne le laisse pas approcher de la socquette de Possum !

Puis, à la fin :

Flossie est un amour, mais elle a besoin qu'on s'occupe beaucoup d'elle. Tu l'as vue la dernière fois que tu es venue. Je l'ai recueillie il y a deux mois. Quelqu'un l'a abandonnée sur la route près d'ici. Il faut bien la surveiller car elle a tendance à s'enfuir pour retrouver le vaurien qui s'est débarrassé d'elle.

Charlie avait passé ces quelques semaines à s'occuper des chiens et autres animaux. À tenter de trouver une solution à d'inextricables problèmes financiers. À rêver de tordre le cou à l'ordure qui avait escroqué sa grand-mère. À éviter de penser à sa propre bêtise qui lui valait de n'avoir plus, aujourd'hui, aucune ressource. Elle ne cessait de pleurer sa grand-mère depuis que l'ambulance l'avait emmenée. Et, un malheur n'arrivant jamais seul, les secours avaient laissé la grille ouverte et Flossie s'était échappée.

Quelque part dans la nature, il y avait un chien perdu répondant au nom de Flossie.

Charlie avait déjà du pain sur la planche avec les six chiens qu'elle devait recaser. Flossie devait avoir été recueillie par quelqu'un d'autre maintenant, mais cela ne l'avait pas empêchée de la chercher. Et d'espérer. Betty aurait souhaité qu'elle le fasse. Pour l'heure, avec l'orage qui approchait, l'idée que Flossie était perdue lui brisait le cœur.

— Vous tous, les chiens, venez dormir avec moi le temps que l'orage passe, dit-elle aux animaux que le grondement du tonnerre rendait de plus en plus nerveux.

Pauvre Flossie ! Elle devait être quelque part, peut-être dehors.

— J'ai cherché, dit-elle tout haut comme si elle s'adressait à sa grand-mère qui ne pouvait évidemment pas l'entendre.

À Betty qu'elle avait enterrée, avec beaucoup de chagrin et d'amour, dix jours plus tôt.

— J'ai fait le maximum, Grandma. Je vais maintenant

me cacher la tête sous l'oreiller et attendre que l'orage s'éloigne… Sans toi.

La ville suivante, c'était Yallinghup. Il y avait bien une vétérinaire, mais elle était auprès d'une vache qui vêlait.

— Je pourrai vous recevoir dans une heure, je pense. Tout dépend de la vache dont je m'occupe en ce moment. Je vous rappelle quand ce sera fini.

La dernière ville traversée était Carlsbrook.

— Le Dr Sanders est absent, disait le message vocal. En cas d'urgence, appeler la vétérinaire de Yallinghup.

Il n'était pas plus avancé !

Le chien assis sur le siège passager le regardait de ses grands yeux effrayés.

Bon ! Le mieux c'est de retrouver le propriétaire. C'est par ça que j'aurais dû commencer.

L'ennui, c'est qu'ici ce n'était pas la banlieue ! Il n'y avait pas vraiment de maisons où aller frapper, de quartiers résidentiels. C'était la campagne, avec des arbres et des champs à perte de vue. Cela faisait cinq kilomètres au moins qu'il n'avait pas vu âme qui vive.

— Tu viens bien de quelque part, dit-il au chien en le grattant entre les oreilles.

Il toucha un collier. Déchiffra.

— Flossie…

Rien d'autre. Génial !

— Allez, on s'arrête dès que je trouve une ferme, marmonna-t-il.

Et il démarra.

— Avec un peu de chance, ce seront tes maîtres. Ou quelqu'un qui comprendra que je suis pressé.

Elle n'aimait pas, vraiment pas les orages. Elle n'aimait pas le noir non plus. Elle n'aimait rien de ce qu'il lui arrivait.

Elle aurait dû se sentir bien. Elle venait ici depuis qu'elle était petite, à toutes les vacances. Elle adorait être là, elle s'occupait des chiens avec Betty, des poules aussi. De toutes les bêtes que, dans son grand cœur, Betty recueillait et adoptait.

Elle adorait cet endroit, mais c'était pour Betty qu'elle venait, car elle l'aimait. C'était aussi pour ça qu'elle était là maintenant.

Trois semaines plus tôt, Charlie s'était décidée à mettre sa vie entre parenthèses pour rejoindre sa grand-mère adorée. Elle vivait chichement de son métier d'architecte d'intérieur. Et s'absenter de Melbourne ne risquait pas d'améliorer ses revenus.

Hélas, Betty ne serait plus jamais là. Cette pensée lui donnait envie de pleurer, même sans l'orage.

Boum… Cinq coups de tonnerre venaient de se succéder, et il tombait des cordes. La pluie frappait le toit en zinc si fort qu'elle en tremblait. Il fallait qu'elle rejoigne au plus vite sa chambre avec les chiens et se cache sous le drap.

Toc… toc… C'était la porte, maintenant. Quelqu'un frappait ? Qui cela pouvait-il bien être ? se demanda Charlie, sans pouvoir réprimer un tremblement.

Alors que les chiens auraient dû aboyer, bizarrement, ils n'étaient même pas agités.

Charlie se tenait dans la cuisine, les chiens alignés derrière elle, comme si elle les protégeait de l'inconnu de l'autre côté de la porte.

Car c'était sûr, il y avait quelqu'un. Ce qu'elle avait

pris pour des éclairs devait être les phares d'une auto remontant le chemin.

Mais qui était-ce ? Tout le monde savait que Betty était morte. Toute la région ou presque avait assisté à ses obsèques. Depuis, Charlie n'avait revu personne ! Pour le voisinage, elle était là pour mettre la maison en vente et repartirait aussitôt après. C'était mal la connaître.

Pour l'heure, il faisait noir. Et elle avait peur.

On frappait toujours, avec insistance.

— Allez venez, dit-elle attrapant César et Dottie par leur collier.

César était une espèce de chien-loup, et Dottie un dalmatien. Aucun des deux n'était courageux, mais ils en imposaient. Ça comptait.

Flanquée des deux bêtes, elle s'avança lentement vers l'entrée. On frappait toujours. Cette fois, les coups lui parurent plus forts que le tonnerre.

Tenant les deux chiens, elle fit plusieurs pas en avant, suivie des quatre autres. En principe… Car elle s'aperçut soudain que trois d'entre eux s'étaient retirés dans le salon. Leurs queues dépassaient de sous le vieux fauteuil. Il ne restait que Mothball, un bichon maltais ou quelque chose comme ça, une boule de poils à peine plus grande que sa main, mais très courageuse. Elle sautillait autour des deux autres comme pour leur dire « je suis là, les gars » ! Mais César et Dottie n'en menaient pas large et semblaient vouloir rejoindre leurs compagnons allongés sous le vieux fauteuil.

Bien à l'abri.

— Qui est là ? demanda Charlie, se disant qu'un assassin n'allait pas décliner son identité.

— Bryn Morgan.

La voix était grave, autoritaire, assurée.

— Je pense que vous pouvez peut-être m'aider. J'ai un chien blessé avec moi et je cherche son propriétaire. Vous savez peut-être qui c'est. C'est une chienne. Flossie. C'est gravé sur son collier.

Flossie ! Charlie laissa échapper un soupir. La Flossie de sa grand-mère ?

— S'il vous plaît, dit-elle en priant sa grand-mère, le ciel, et elle ne savait trop qui encore. Faites que ce soit elle…

La maison de deux étages était délabrée. La grande véranda tenait à peine debout. Le plancher avait craqué et s'était enfoncé sous ses pas quand il l'avait traversée. Les canapés défoncés, alignés le long des murs, ajoutaient à l'impression désastreuse qui se dégageait de ce lieu qui aurait pu servir de décor pour tourner *La Famille Addams*. Et encore ! pensa Bryn, navré par le spectacle que l'éclair qui venait d'illuminer la véranda – avant de la replonger dans le noir – lui avait permis d'entrevoir.

Soudain, la porte s'ouvrit, et il aperçut un filet de lumière. Plusieurs chiens surgirent, pas méchants apparemment, mais méfiants.

Derrière eux se tenait une femme plutôt jeune. Vingt-cinq, vingt-huit ans ? Elle était petite, un mètre soixante, tout au plus. Des boucles rousses encadraient un visage sans maquillage, et assez pâle. Elle ouvrait de grands yeux affolés. Elle était vêtue d'un vieux jean troué, pieds nus, et portait un pull rouge vif. Il nota qu'elle se tordait le cou comme si elle cherchait à voir derrière lui.

— Flossie ? dit-elle d'une voix pleine d'espoir.

Avec un peu de chance, c'était la propriétaire. Il allait pouvoir lui donner sa chienne et se sauver.

— Flossie est avec vous ? Où est-elle ?

— Dans ma voiture. Je suis désolé, déclara-t-il, je l'ai heurtée.

— Mais… Elle n'est pas morte ?

Elle haletait. L'angoisse dans la voix le fit reculer, et il s'empressa de la rassurer.

— Non. Elle est blessée à la patte, c'est tout, je crois. Ma roue a dû la toucher. Mais la vétérin…

— Hannah Tindall. De Yallinghup. Je la connais, j'ai son numéro, je l'appelle tout de suite.

Elle sortit son téléphone de sa poche.

— Elle s'occupe d'une vache. Elle ne sera disponible que dans une heure. Quant au vétérinaire de Carlsbrook, il est absent.

— Vous avez déjà appelé ?

Elle reprit sa respiration.

— Merci… Où est-elle ? Dans votre voiture ?

Elle passa à côté de lui, puis devant lui, bien décidée à sortir malgré la pluie battante.

Il était déjà mouillé. Pas elle. Flossie avait déjà montré qu'elle se laisserait faire. Il était inutile qu'ils se fassent tremper tous les deux. Il lui barra le passage.

— Allez plutôt chercher des serviettes de toilette, dit-il gentiment comme s'il avait deux blessées à soigner au lieu d'une.

Ce qui était peut-être le cas.

— Avez-vous du feu ? Elle est mouillée, je pense qu'il faudra la réchauffer.

— Euh… Oui. Dans la cuisine… Il y a un fourneau…

— Allez chercher les serviettes, je vous l'amène.

Il hésita.

— Si ça vous va. Vous avez quelqu'un pour vous aider ?

— Je…

Elle reprit son souffle.

— Non, mais ça ira. Amenez-la. Merci mille fois.

Courant presque, elle disparut au fond de la maison, laissant la porte grande ouverte.

À quoi pensait-il donc en lui demandant des serviettes ? Fallait-il que les semaines passées l'aient perturbé pour qu'il perde la tête ! Pour commencer, il n'aurait pas dû entrer chez une femme seule, si tard le soir. Confiante, elle était partie presque en courant chercher des serviettes, le laissant dans l'entrée.

Confiance… Le mot-clé des semaines passées. Ou plutôt, son contraire. Des semaines hantées par le doute et les interrogations, des semaines où plus il en apprenait sur la malhonnêteté de son oncle, plus il se sentait honteux, surtout quand les médias lui faisaient comprendre que, pour eux, il était marqué au fer rouge. Corrompu. Comme son oncle.

Et voilà qu'il était là, chez cette femme, et qu'elle lui faisait confiance… Pourquoi ?

Il ressortit sous la pluie qui redoublait, prit sans la brusquer la chienne dans ses bras et revint dans la maison.

La chienne était sans réaction. Elle était très maigre, presque décharnée. Si la femme n'avait été entourée de chiens, visiblement bien entretenus, il l'aurait accusée de maltraiter cet animal. Mais ce n'était sûrement pas le cas.

Alors qu'il revenait, elle réapparut, les bras chargés de serviettes qu'elle laissa tomber en apercevant la chienne.

— Flossie ! s'écria-t-elle dans un sanglot.

Bien qu'émue, elle avait encore du bon sens et ne se précipita pas pour toucher l'animal ou le prendre dans ses bras. Elle le caressa derrière l'oreille.

— On croyait t'avoir perdue… Oh ! Grandma…

Se ressaisissant, elle ramassa les serviettes et se dirigea vers la cuisine en lui faisant signe de la suivre.

C'était une grande cuisine. Une cuisine de campagne chaleureuse et vieillotte : un vieux lino au sol, une table en bois – une antiquité – et des chaises dépareillées, en bois elles aussi, avec des galettes en tissu, toutes différentes, nouées aux dossiers par des rubans effilochés. Un buffet ancien occupait presque tout un pan de mur. En face, il y avait la cuisinière et un four électrique qu'on utilisait sans doute quand il faisait trop chaud pour se servir du fourneau. Pour l'heure, il était allumé et diffusait une douce chaleur. Il y avait un tapis devant et un vieux canapé sur le côté. Des photos étaient accrochées aux murs. Des photos de chiens en grand nombre et la photo jaunie d'un homme en kaki qui avait dû jadis occuper la place d'honneur mais qui, peu à peu, avait été détrônée par les clichés des bêtes.

Quelque chose mijotait sur le feu. Quelque chose qui fleurait bon le ragoût généreusement relevé d'herbes aromatiques.

C'était si réconfortant qu'il resta un instant planté dans l'encadrement de la porte et dut se pincer pour reprendre ses esprits.

— Posez-la ici, dit la femme en approchant le canapé de la cuisinière. Ma pauvre Flossie…

Flossie remua vaguement la queue, et Bryn songea que cette cuisine représentait peut-être pour elle un sanctuaire, un endroit hors du temps. Une bulle où rien de grave ne pouvait arriver.

Il s'avança et déposa doucement la bête sur les serviettes que la femme étendait. L'animal remua de nouveau la queue, semblant apprécier le confort du canapé, et lança un regard énamouré à la jeune femme qui se penchait sur lui.

— Ma pauvre Flossie ! Mais tu t'es fait mal !

— Je ne vois qu'une blessure à la patte, intervint Bryn. Je ne sais pas si elle est fracturée.

Elle était vraiment abîmée et saignait toujours.

— Je ne sens rien d'autre, mais votre chienne ne bouge pas, ajouta-t-il.

— C'est peut-être le choc. Et elle doit avoir faim. Cela fait trois semaines qu'elle a disparu.

— Trois semaines !

Caressant les flancs de la bête, qui ne réagissait toujours pas, elle hocha la tête.

— C'est un chien abandonné, récupéré il y a deux mois. Les gens sont comme ça. Ils ne veulent plus de leur animal alors ils le lâchent près d'une ferme en se disant qu'il va être recueilli rapidement. Ici, tout le monde sait que ma grand-mère ramasse tous les animaux errants. Flossie, qui a été abandonnée, doit se rappeler qu'on l'a jetée par la portière d'une voiture. Donc elle a fugué, sans doute pour retrouver ses maîtres et…

Comment pouvait-elle être aussi émue pour un chien qu'elle ne connaissait que depuis deux mois ?

— Vous l'avez allongée sur votre veste ? dit la jeune femme. Je crains qu'elle l'ait vraiment salie. Je vais la retirer et… prendre en charge le nettoyage.

Elle s'arrêta. Elle ne semblait pas avoir les idées claires.

— Je suis désolée… Je suis Charlie Foster. Charlotte. Heureuse de faire votre connaissance, Bryn, et je vous remercie d'avoir secouru Flossie. Mais ça va maintenant, je peux me débrouiller. J'appellerai la vétérinaire plus tard. Enfin, dès que j'aurai lavé Flossie et qu'elle aura mangé. Mais j'espère que je n'aurai pas besoin d'elle. Merci beaucoup, vous avez été épatant.

Elle commença à enlever la veste de sous la chienne, mais il l'arrêta.

— Non, laissez-la.

— Mais… Votre veste ? Vous n'en voulez pas ?

À dire vrai, pas vraiment. Ça avait beau être une belle veste, elle était tout ensanglantée, et il n'avait pas envie de la reprendre…

— Non, ça va, dit-il. Mais vous, vous êtes sûre que vous allez vous en sortir ?

— Oui, oui, sans problème.

Elle se redressa, prit sa main et la serra très fort.

— Vous avez été formidable, monsieur Morgan. Mais ça va maintenant, je ne vous retiens pas plus longtemps.

Parfait, songea-t-il. Il pouvait retourner à sa voiture. Il serait même à l'heure à l'aéroport.

Elle lui serrait toujours la main, avec une poigne qui révélait son tempérament énergique.

— Je vous remercie beaucoup.

Elle lui tenait encore la main, sans penser à mal mais sans se rendre compte de l'effet que ce contact produisait sur lui. Cela faisait très longtemps qu'il n'avait rien ressenti de pareil. Depuis qu'il avait quitté le cocon familial, en fait.

Il se pencha vers elle, regarda ses boucles rousses, son visage pas maquillé avec ses pommettes rosies par la chaleur du feu et ses yeux marron, directs, francs. Elle lui souriait. Elle faisait une tête de moins que lui.

Mais près d'elle, il se sentait…

Peu importe. Il n'avait pas le temps d'analyser ses impressions. Il avait un avion à prendre.

— Bonne chance, lui dit-il.

Machinalement, il prit le crayon sur la table et inscrivit son nom et son adresse mail, sur le carnet posé à côté.

— Tenez-moi au courant de la suite, dit-il. Et s'il y a quelque chose à payer pour le vétérinaire, dites-le moi. Je l'ai renversée. Je paierai, c'est normal.

Quelque chose d'indéfinissable passa sur son visage qui retrouva très vite une expression normale.

— Non, ça va, dit-elle, ce n'est pas votre faute.

— Tenez-moi tout de même au courant.

Il ne put s'empêcher de prendre de nouveau sa main qu'il ne lâcha que lorsqu'il eut son accord.

— Entendu, je vous donnerai des nouvelles, dit-elle en se libérant.

Il pivota et, sans un mot, sortit dans la nuit.

Pourquoi avait-elle eu tant de mal à lâcher sa main ?

C'était sans doute à cause du noir. Du noir et de l'orage. Plus le fait qu'elle avait un chien blessé sur les bras et qu'elle n'était pas certaine d'avoir les moyens de le soigner, contrairement à ce qu'elle avait affirmé à cet homme… à Bryn.

Bryn Morgan.

Elle réfléchit. N'importe qui aurait aimé avoir de la compagnie par une nuit pareille. Sans doute, mais elle sentait qu'il y avait autre chose dans son désir de ne pas être seule, cette nuit…

L'homme était très séduisant. Beaucoup plus que ça, même. Il était grand, brun, bronzé, bien rasé. Il était vêtu d'un pantalon élégant et d'une chemise cintrée au col ouvert. Sa voix avait quelque chose d'envoûtant. Elle était grave, profonde avec une pointe d'accent. Du pays de Galles, peut-être ? Cela allait avec son prénom. Bryn. Un joli prénom, d'ailleurs.

Il avait porté Flossie avec une grande délicatesse. Son allure, ajoutée à sa gentillesse, l'avait impressionnée, émue, d'autant plus qu'il avait semblé la regarder avec un certain intérêt… Il avait souri, un sourire en coin, charmeur, qui disait qu'il valait mieux qu'il parte mais qu'il n'en avait pas envie.

Un sourire à faire fondre toutes les femmes de la terre.

Mais Charlie n'était pas du genre à craquer pour un homme. Elle avait déjà donné, et juré qu'on ne l'y reprendrait pas. De plus, elle avait d'autres chats à fouetter. Bryn avait tourné les talons, maintenant, et elle avait un chien blessé à soigner.

Elle se retourna et se penchait sur Flossie quand un éclair illumina la pièce, si vif qu'on se serait cru en plein jour. Il y eut un claquement terrible, et le tonnerre éclata en même temps qu'un éclair déchirait le ciel. Puis, amplifié par la nuit, il y eut un grand bruit. Le fracas d'une charpente qui explose.

Après un bref silence, quelque chose s'écroula dans un tel vacarme que toute la maison trembla. Les lumières s'éteignirent. Les chiens, terrifiés, se précipitèrent vers elle et se lovèrent contre ses jambes. Elle s'agenouilla et tenta de les rassurer en les prenant comme elle put dans ses bras.

Ça doit être un arbre, songea-t-elle. Un des grands arbres de l'allée avait dû tomber.

Elle pensa alors à Bryn. Mon Dieu, Bryn était dehors, dans ce chaos !

En un quart de seconde elle fut debout. Elle écarta les chiens qui tentèrent en vain de résister et, dans le noir, se rua vers la porte.

Comme elle s'apprêtait à ouvrir, quelqu'un poussa violemment le battant de l'extérieur.

— Charlie ?

Une lumière venant de dehors éclairait la silhouette. Un arbre en feu ? Elle ne voyait pas assez clair pour distinguer les traits de son visage, mais elle l'entendit.

— Bryn…

Elle recula, presque effrayée, et, comme les chiens l'entouraient de nouveau, se baissa pour les câliner, ou, plutôt, pour se réconforter elle-même. Mais, plus que tout, elle avait besoin de serrer dans ses bras l'homme qui s'encadrait dans la porte, car, l'espace d'une seconde, elle avait cru qu'il… Oh non, c'était trop horrible ! Il fallait chasser cette image. Elle en tremblait encore…

— Je suis désolé, dit-il. Un arbre est tombé en travers de l'allée et…

— Vous n'avez rien, au moins ?

Sa voix s'étrangla lorsqu'elle ajouta :

— Vous n'êtes pas blessé ?

— Pas une égratignure. Mais j'ai l'impression que je vais être coincé ici. À moins qu'il y ait une autre route pour partir… Je suis vraiment désolé.

C'était un comble ! Il avait ramené la chienne, failli se faire tuer par un de ces arbres dont elle n'avait cessé de répéter à sa grand-mère qu'ils étaient trop proches de la maison. Et il s'excusait ?

— C'est impossible de sortir d'ici quand il pleut comme ça, dit-elle. Je… Les routes sont sûrement inondées. Et ces arbres… Ces fichus eucalyptus ! D'ailleurs, on les appelle les faiseurs de veuves !

Au passage d'un éclair qui embrasait tout le ciel, elle le vit plus nettement. Il était trempé. Il devait l'être déjà avant, mais elle était tellement occupée par Flossie qu'elle n'avait rien remarqué, à part…

Non, elle ne devait pas s'aventurer sur ce terrain-là, pensa-t-elle.

En fait, elle divaguait – la faute à l'orage, sûrement – et était incapable d'aligner deux pensées à peu près cohérentes.

— Les faiseurs de veuves ?

Reprenant ses esprits, elle se redressa et se planta devant lui. Devant sa silhouette, plutôt, car les éclairs avaient beau zébrer le ciel de plus en plus souvent, elle ne le voyait pas distinctement.

— On les appelle comme ça parce qu'ils perdent des branches quand il fait chaud, même quand il n'y a pas de vent, et comme les gens pique-niquent en dessous… ou plantent leurs tentes…

— Il ne fait pas particulièrement chaud aujourd'hui et le vent souffle assez fort.

— Je sais, mais ils sont très hauts et sont toujours frappés en premier par la foudre. Ma grand-mère ne veut pas… ne voulait pas les abattre, même pas ceux qui étaient proches de la maison, ou en fin de vie. Elle dit qu'ils servaient de niches aux oiseaux et aux opossums. Et que…

— Elle disait, corrigea Bryn. J'imagine que votre grand-mère…

— Oui, elle est morte il y a trois semaines. D'une crise cardiaque. C'est pour ça que je suis là. Ce sont les chiens de ma grand-mère.

— Vous voulez dire que vous êtes ici toute seule ?

Il ne fallait pas le révéler. Il faisait noir, et elle ne voyait de lui qu'une ombre dans le passage. Il fallait affirmer au contraire qu'elle avait une bande de copains musclés un peu plus loin au pub.

Au lieu de cela, elle précisa :

— Oui, et je ne suis pas courageuse quand il y a de l'orage.

— Moi non plus, rétorqua-t-il. Vous avez une lampe portable ? Des lampes de poche ?

— Euh… Oui.

Bien sûr qu'elle en avait ! En tout cas, Grandma en avait sûrement. C'était une maison isolée, en pleine campagne, entourée d'arbres. Le courant sautait très souvent, dans cette maison, mais ce n'était jamais aussi impressionnant qu'aujourd'hui.

À tâtons, elle retourna à la cuisine et trouva une lampe à huile. Elle devait être plus vieille que Grandma, se dit-elle. Elle l'alluma, et Bryn, qui l'avait suivie, s'arrêta à la porte.

— Je suis sauvé, dit-il, sauf si… Vous pensez qu'un autre arbre peut nous tomber sur la tête ? Il vaut peut-être mieux quitter les lieux, non ?

Pour éviter de le regarder et se donner une contenance, elle tripotait la molette de la lampe à huile pour faire monter et descendre la mèche dans le tube en verre.

— Grandma avait beaucoup de lampes comme

celles-ci, et elles étaient toujours prêtes, dit-elle avec nostalgie. Pour répondre à votre question, je crois qu'il est très risqué de mettre le nez dehors. Même si on dit que la foudre ne tombe jamais deux fois au même endroit.

— Il y a beaucoup d'arbres. *Au même endroit,* cela veut-il dire…

— Écoutez, monsieur Morgan, je crains… je crains que vous ne soyez obligé de rester ici, cette nuit. Je vous suis reconnaissante de ce que vous avez fait et je n'ai pas peur de vous. En revanche, les orages me font peur. Donc, si je suis heureuse de vous offrir un lit pour la nuit, à dîner et un fauteuil au coin du feu, je compte sur vous pour éviter de me parler des éclairs et de la foudre, et me faire sentir votre inquiétude. Parce que, si c'est ça, vous pouvez repartir !

Sur ces mots, les mains plantées sur les hanches, elle pointa le menton vers lui avec un tel regard qu'il eut envie de rire. Puis il songea à sa soirée. Elle était fichue. Plus que fichue, même. Lui qui avait prévu de retrouver Ballystone, son chez-lui, ses chiens, son bétail, et laisser les drames derrière lui en était pour ses frais !

Il avait toutes les raisons d'être mécontent.

— Vous avez raison, un de ces petits arbres risque encore de tomber, dit-il. Mais si cela se produit quand je suis dehors, je le retiendrai d'une seule main. Ensuite, je le débiterai et en ferai du petit bois pour votre fourneau. À ce propos, vous avez besoin de petit bois ? Je peux sortir et ramener l'arbre qui vient de s'effondrer, si vous voulez !

Leurs regards s'accrochèrent. Une fossette creusa sa joue, et elle finit par rire.

— Et si je dis oui ? lança-t-elle.

— Vos désirs seront des ordres, répliqua-t-il.

Il regarda dehors. L'arbre frappé par la foudre avait pris feu et brûlait.

— D'accord, mais il me faudra des gants. Le tronc doit être chaud.

Elle éclata franchement de rire. Un rire gai, un rire magnifique qui fit pétiller ses yeux dans son visage pâle et fatigué. Cela devait faire longtemps que cette femme n'avait pas ri.

Heureux du petit plaisir qu'il venait de lui procurer, il proposa de l'aider à soigner Flossie.

— Je veux bien. Vous connaissez quelque chose aux chiens ?

— J'en ai eu toute ma vie.

Il hésita, chercha à ramener un sourire sur son visage.

— Ce n'est pas très viril, j'imagine, de dire que je m'évanouis à la vue du sang.

— Vous l'avez portée. Vous avez déjà du sang sur votre chemise.

— C'est vrai. Et je ne me suis pas évanoui. Bien, occupons-nous d'elle ! Infirmière, s'il vous plaît, donnez-moi plus de lumière, de l'eau chaude, du savon et des pansements. Et…

Il observa la chienne qui attendait tranquillement devant la cuisinière.

— Auriez-vous quelques croquettes ? Et un récipient avec de l'eau ? Il faut commencer par la nourrir. Elle doit mourir de faim.

Charlie se dirigea vers le réfrigérateur, mais elle avait la tête ailleurs. Nourrir ce chien n'était plus sa priorité. L'homme qui se trouvait derrière elle était vraiment trop séduisant pour qu'elle puisse songer à autre chose.

2.

Après un examen minutieux, Bryn déclara que la patte ne devait pas être cassée. En revanche, les poils étaient arrachés et la peau égratignée.

Bryn nettoya la patte puis vérifia l'articulation, et la chienne se laissa faire, sans bouger une oreille. Mais quand elle vit Charlie apporter sa gamelle, elle bondit sur trois pattes et l'engloutit. Une fois les croquettes avalées, elle se rallongea sur le flanc et regarda Charlie avec adoration.

— Ce n'est pas juste ! s'exclama Bryn. Je fais le boulot et c'est vous qui récoltez toute la reconnaissance !

Il les observa. Les boucles de la jeune femme caressaient la tête de Flossie. Attendri par cette merveilleuse complicité, il ajouta :

— Je pense qu'il faudrait la laver.

— Vous voulez la plonger dans une baignoire ? dit Charlie, offusquée, en le regardant.

Flossie aussi le fixait, avec le même air de reproche que sa maîtresse.

Amusé par le spectacle, il éclata de rire, se surprenant lui-même. Cela faisait longtemps qu'il n'avait pas ri d'aussi bon cœur.

D'humeur légère, alors que rien ne prêtait à la joie, il gratta Flossie derrière les oreilles. Aussitôt, les autres chiens approchèrent quémandant chacun son lot de caresses. Le tonnerre grondait moins fort, maintenant.

— Si vous en caressez un, vous devez caresser tous les autres, déclara Charlie.

Et, à son tour, elle pouffa de rire. Un rire magnifique, qui provoqua en lui une étrange émotion…

Attention, terrain miné ! se dit-il. Il avait bien assez d'ennuis dans la vie sans se la compliquer davantage. Il n'avait qu'à penser à ce qui l'attendait…

Il était assis dans une vieille cuisine avec un vieux lino par terre, devant une vieille cuisinière, avec des lampes à huile qui diffusaient des lumières chiches tout juste suffisantes pour voir les chiens qui attendaient qu'il les gratte entre les oreilles. Le tout sous le regard d'une femme au sourire enchanteur. Tandis qu'à l'extérieur…

À l'extérieur ? Il y avait cette voiture, qui valait plus cher que la maison où il se trouvait ! Comment allait-il justifier le fait qu'il conduise ce genre de véhicule ?

— J'ai préparé une bonne soupe, dit-elle, le tirant de ses pensées.

Des pensées obsédantes… Les actionnaires furieux car ruinés, les créanciers, les vendeurs de voitures qu'il n'avait pas réussi à convaincre de son innocence.

Charlie dut remarquer qu'il regardait les chiens, puis sa montre, car elle lui sourit et demanda :

— Avez-vous des vêtements de nuit dans votre voiture ? Je vous prête un parapluie si vous voulez aller les chercher.

La question le ramena à la réalité. Qu'il le veuille ou non, il était coincé ici. Au moins pour la nuit. Où se trouvait donc son pyjama ?

— Vous avez un lit pour moi ?

— Oui, je peux vous faire dormir à l'arrière de la maison pour que vous n'entendiez pas les aboiements des chiens. Ils dorment avec moi. Sauf Possum, qui s'installe à côté de la porte. C'est mon chien de garde mais, si les éclairs reprennent, elle viendra me rejoindre. Flossie va dormir avec moi, évidemment. Je me suis fait tellement de souci pour elle !

— Vous aurez une brosse à dents à me prêter ?

— Pardon ?

— Je n'aime pas les éclairs, avoua-t-il. Mes affaires vont rester dans la voiture si vous n'y voyez pas d'inconvénient.

— Oui, j'en ai une que j'ai rapportée d'un palace où j'animais une conférence. Elle était si joliment présentée que je n'ai pas pu m'empêcher de la piquer. Mais elle était pour moi après tout…

Elle le regarda d'un air rêveur, puis poursuivit :

— Si vous n'avez pas peur du rose bonbon et du strass, elle est à vous.

— D'accord pour la brosse à dents, l'assiette de soupe et un lit pour la nuit, alors.

Elle s'approcha pour caresser les chiens.

— Ensuite, j'irai me coucher. La journée a été longue et j'ai très sommeil.

Sans le vouloir, elle frôla son bras, et ce contact la troubla étrangement… Une tension palpable emplit la pièce. Venaient-ils d'avoir la même pensée en même temps ?

— Perdu dans vos rêves ? dit-elle, le souffle court.

— Non, je ne pensais à rien de particulier.

Elle hésita.

— Je me disais que je ne sais rien de vous.

Une nouvelle fois, elle se tut avant d'ajouter :

— Mais même si je savais quelque chose…

— Je suis fermier en Angleterre, l'interrompit-il comme s'il éprouvait le besoin de s'expliquer. J'ai trente-cinq ans et je suis ici pour régler une affaire de famille. Je repars pour Londres demain.

— Cela ne veut pas dire que je vais vous suivre dans votre chambre.

— Bien sûr que non.

Surpris, il sourit. Qu'y avait-il dans l'air, ce soir, pour que tout aille de travers ?

— Les orages agissent d'une manière inattendue sur nos sens, avança-t-il. Mais nous sommes grands tous les deux. Nous pouvons gérer ce genre de situation.

— Oui, dit-elle, dubitative.

— On pourrait peut-être commencer par les présentations, vous ne croyez pas ? Comme je viens de vous le dire, je suis fermier. Je vis au pays de Galles et je suis ici parce que mon oncle…

Sentant qu'il s'aventurait sur un terrain glissant, il se tut. Comment expliquer qui était Thomas ? Trop compliqué. Trop glauque. Ce soir, il ne s'en sentait pas le courage, et peut-être ne l'aurait-il jamais. Il refusait même de penser à son oncle.

Pourtant, subitement, il s'entendit reprendre :

— Mon oncle a vécu ici un certain temps. Il est parti, mais j'ai dû régler les problèmes qu'il a laissés derrière lui. C'est presque terminé, maintenant. Et vous ? Parlez-moi de vous.

De plus en plus dubitative, elle le regarda. Qui était-il vraiment, et qu'est-ce qui la troublait tant, chez lui ?

— Je suis architecte d'intérieur, répondit-elle. J'ai…

J'avais une affaire à Melbourne. Mais comme vous le voyez, pour l'instant je garde sept chiens, deux vaches et quinze poules. J'essaye de leur trouver des maisons d'accueil. Autant attendre un miracle car je ne vais jamais réussir à les placer tous. D'ici là, monsieur Morgan, j'ai une foule de choses à faire, ce qui m'interdit d'avoir des vues sur qui que ce soit, a fortiori sur vous ! Là-dessus, continuez à caresser les chiens, je vais chercher la soupe...

— Et demain matin, je partirai.

— Évidemment. Dès que j'aurai...

Elle s'arrêta.

— Mais... Et l'arbre ? Ça va coûter très cher de le déblayer...

Il vit une étrange étincelle s'allumer dans ses yeux.

— Si on peut dégager votre voiture et que les prés ne sont pas trop inondés, on ménagera un passage dans la clôture et vous pourrez partir à travers champs.

— On verra ça demain matin, dit-il.

Elle soupira.

— C'est ce que je me dis toujours, déclara-t-elle, « on verra ça demain ! ». Ne serait-ce pas magnifique que, demain matin, tout soit arrangé ?

L'orage s'éloigna peu à peu, et le vent se calma. Bryn dormait à poings fermés dans un lit meilleur que celui du motel où il avait passé ses dernières nuits. Carlsbrook comptait un pub, une supérette et rien de plus. Comment son oncle avait-il pu élire domicile ici ?

Tout bien réfléchi, ce n'était pas étonnant, se dit Bryn. À Carlsbrook, le style de vie était à des années-lumière de ce qu'affectionnait son oncle, mais c'était une région de petites exploitations, de paysans fiers de leur terre et de leurs bêtes. Les gens qui habitaient ici étaient âgés, éloignés les uns des autres, et les connexions Internet étaient si mauvaises qu'ils se retrouvaient souvent coupés du monde.

C'était tout à fait ce qui convenait aux activités de cette fripouille de Thomas.

Mais, ce soir, il ne pensait pas à son oncle. Allongé dans un lit à baldaquin, au second étage d'une pauvre maison, il écoutait le vent souffler dans les arbres et le parquet craquer. Cette maison avait quelque chose de singulier. Cette atmosphère, ces chiens… cette femme, tout ici le troublait.

Mais il s'y sentait bien. Comme chez lui. La sensation était étrange. Chez lui, c'était très loin d'ici. Ballystone Hall se trouvait aux confins du pays de Galles. L'endroit était magique, mais il y dormait rarement. Ici, dans cette chambre au mobilier vieillot, il se sentait sombrer dans un sommeil presque sans rêve.

Il se réveilla aux assauts de l'orage qui revenait. Encore plus fort, et deux fois plus impressionnant. La maison tremblait sur ses fondations. Le tonnerre grondait si fort que les murs n'en finissaient pas de vibrer. Les éclairs aussi s'en donnaient à cœur joie. Leurs flashs perçaient les rideaux et inondaient la maison d'une lumière surréelle.

Un roulement, plus fort encore que le précédent, réveilla les chiens. Un premier atterrit sur son lit et enfouit le museau sous son drap. Deux secondes plus tard, cinq autres suivaient et tentaient d'imiter Stretch, mais Bryn avait eu le réflexe de remonter à temps le drap sur son nez.

Ne lui avait-elle pas dit qu'ils dormaient avec elle ?

L'éclair suivant illumina la chambre comme en plein jour. Il aperçut alors la silhouette de Charlie sur le pas de la porte, une lampe à la main. Elle était pieds nus, dans une nuisette en dentelle défraîchie, et avait les cheveux en bataille, comme quelqu'un qui n'a cessé de se retourner dans son lit. Elle ouvrait de grands yeux terrorisés et tenait Flossie dans les bras. La chienne avait l'air aussi terrifié que sa maîtresse.

— Je... Ils m'ont laissée tomber, murmura-t-elle. Ils avaient peur.

— Et pas vous ?

Il essayait de ne pas rire, mais la situation était comique. Une femme en tenue de nuit attendait à sa porte, une lampe à la main, et il y avait des chiens sur son lit ! En vérité, elle n'avait pas l'air très effrayé.

— Si la foudre tombe sur la maison...

— Vous avez vu la taille des arbres ? Ce sont eux qui seront frappés en premier.

Il la vit se décomposer.

— Et ils tomberont sur la maison.

— Pas de ce côté, dit-il. Les eucalyptus sont devant et la maison est grande. Et le plus haut est déjà tombé, je crois.

— Peut-être. Mais ici vous êtes à l'arrière de la maison, et ma chambre est devant.

Elle restait plantée là, la chienne dans les bras.

— Vous savez quoi ? proposa-t-il. Échangeons ! Je prends votre chambre et vous dormez ici.

— Euh... En fait, je... je n'aime pas du tout les orages.

Ce n'était pas un constat. C'était un appel au secours. Une invite.

Il rejeta à la hâte son drap et sa couverture et, d'un bond, il la rejoignit.

C'est alors qu'il s'aperçut qu'elle tremblait, et la chienne aussi. Il comprenait pourquoi la meute l'avait abandonnée. Ils avaient besoin d'être rassurés par leur maître, pas de ressentir le stress qui semblait dévorer Charlie, si terrorisée que la peur suintait par tous les pores de sa peau.

Il leur fallait un chef. Pourquoi pas lui ?

Sans réfléchir, il la prit par la taille et la serra contre lui. Tout contre lui.

Entre eux, Flossie ne bronchait pas. Bryn était en boxer, son pyjama se trouvant quelque part sous l'eucalyptus en feu. Le pelage rêche de Flossie grattait sa poitrine nue, et elle tremblait toujours. Tout comme Charlie qui avait enfoui le visage dans son cou.

Elle était si menue qu'il pouvait presque emprisonner sa taille entre ses mains.

Une sensation de bien-être l'envahit peu à peu, qui le gagna tout entier.

Elle avait de beaux cheveux, épais et doux, qui dégageaient un parfum citronné, délicieux. Tout chez elle était délicieux. Elle était immobile dans ses bras, mais pas passive. Une chienne les séparait, mais il savait, il devinait qu'elle aurait préféré être encore plus proche de lui.

Parce qu'elle avait peur. Pas pour autre chose.

Soudain, un nouveau coup de tonnerre ébranla la maison, et il constata qu'elle paniquait. Elle se serra encore plus contre lui, tandis que les six chiens gémirent.

— Allons tous nous coucher. Vous, moi et les sept

chiens, murmura-t-il dans ses cheveux. Ensemble, nous supporterons mieux l'orage.

— Ensemble…

Il se rendit compte qu'il lui avait fait peur.

— Oui, dit-il avec un sourire. Un homme et une femme dans un lit, ça peut prêter à conséquence. Un homme, une femme et sept chiens… Je doute qu'il y ait un problème.

Elle s'endormit, les chiens blottis entre eux.

Quand un grondement de tonnerre la réveilla, elle s'aperçut que l'inconnu était tout contre elle. Elle lui tournait le dos, et ses cheveux devaient lui chatouiller le visage. Elle sentit son souffle sur sa nuque.

Soudain, elle se rappela qu'il portait un boxer. Il n'était donc pas totalement nu, mais… c'était tout comme. De ses bras musclés, il la tenait serrée contre lui. Peau contre peau.

La lumière filtrait à travers les rideaux. Le soleil s'était levé. Flossie dormait au pied du lit – elle pesait lourd sur ses jambes et leur communiquait sa chaleur –, mais le reste de la meute avait quitté les lieux. L'orage était passé.

Il fallait qu'elle se libère des bras de cet homme, sans le brusquer pour ne pas le réveiller. Il avait été si compréhensif, si gentil…

En fait, elle avait envie de rester là, comme ça, sans rien faire. C'était comme si la terre avait cessé de tourner. La paix était revenue, et elle se sentait en sécurité.

Bryn… Cet homme qu'elle connaissait depuis douze heures à peine était endormi près d'elle.

Allez, ça suffit, lève-toi, maintenant. Examine la patte de Flossie et va voir les dégâts causés par l'orage...

Mais elle ne se leva pas. Allongée, heureuse, elle savoura la douceur qui l'enveloppait. C'était bon d'être là, sereine, et de se mentir, d'imaginer que les problèmes n'existaient pas. Que Grandma n'était pas morte. Qu'elle n'était endettée jusqu'au cou. Qu'elle n'avait pas à chercher des familles d'accueil pour des chiens abandonnés qu'elle ne pouvait pas garder.

Qu'elle n'avait pas été trahie par un salaud et qu'accorder sa confiance à un homme était encore possible.

— On est bien, non ? lui souffla-t-il à l'oreille. Vous pensez que si nous restons là assez longtemps, le reste du monde disparaîtra ?

Il était donc réveillé ! Avait-il des problèmes, lui aussi, pour parler ainsi ? Cela le rendait plus... humain, tout à coup.

Elle était bien. Trop bien, même, car elle sentait que si elle ne se levait pas tout de suite, elle...

Il dut lire dans ses pensées, car il murmura :

— Charlie, si nous restons comme ça, je ne réponds de rien.

Il y avait du regret, dans sa voix.

Elle le sentit s'étirer et songea qu'elle devait arrêter de fantasmer. Par chance, Flossie se mit à s'agiter au bout du lit. Il était temps de commencer la journée !

L'inconnu la lâcha, puis se tourna vers elle. À regret, elle s'assit au bord du lit.

Voyons, c'était ridicule ! Son corps réagissait parce qu'elle avait vécu trop d'émotions fortes les semaines passées, c'était tout. Sa réaction n'avait rien à voir avec l'effet que lui faisait ce corps viril contre le sien.

Voilà qu'il se levait, lui aussi !

Il était beau à couper le souffle.

Hier soir, il avait dit qu'il était fermier. Son corps le confirmait. Il était fort, bronzé, musclé comme s'il passait sa vie à enfourcher des balles de foin, à tondre des moutons ou à récupérer les bêtes égarées dans les tourbières…

Justement…

— Il y a sûrement des choses à faire, ici, dit-il comme s'il lisait une fois encore dans ses pensées. Les chiens à sortir ? À nourrir ? Les autres bêtes ?

— Oui, il faut nourrir les vaches ainsi que les poules… si toutefois elles ont survécu à la nuit. Mais ce n'est pas nécessaire que vous restiez. Si le champ derrière la maison n'est pas trop détrempé, je vais cisailler la clôture pour que votre voiture puisse passer.

— Et je vous laisse vous débrouiller avec tout ce bazar ?

— Je vous ai déjà retenu assez longtemps. Où alliez-vous hier soir ? À Melbourne ?

— C'est ça, répondit-il.

Il attrapa son pantalon.

— Ça veut dire que vous avez raté votre avion ?

Elle se redressa dans le lit.

— À cause de Flossie ? Oh ! zut !

— Il y aura d'autres vols.

— Vous pourrez changer votre billet ? Je peux… Je vais vous…

Elle allait lui payer un nouveau billet. Mais avec quel argent ?

— Charlie…

Il se pencha et posa les mains sur ses épaules. Au lieu de la rassurer, ce geste la fit frissonner.

— J'ai renversé votre chien. Je suis responsable.

— Flossie n'aurait pas dû traîner sur la route.

— Comment est-elle sortie ?

Il regarda Flossie, allongée contre les jambes de Charlie, et qui n'avait aucune envie de s'en aller. Comme il la comprenait !

— Quand ma grand-mère a eu sa crise cardiaque, les secours ont laissé le portail ouvert en partant et elle s'est enfuie. Ça fait trois semaines. Je ne sais pas où elle est allée. Je l'ai cherchée partout.

— Vous n'étiez pas présente quand votre grand-mère est morte ?

— J'étais à Melbourne. J'ai quand même eu le temps de revenir avant qu'elle ne nous quitte. À l'hôpital, elle a voulu des nouvelles de tous les animaux. Je lui ai dit qu'ils allaient bien. Je lui ai promis que je m'en occuperais.

— Qu'allez-vous en faire, maintenant ?

— Je cherche des familles d'accueil, dit-elle d'un ton très assuré. Et j'essaye de remettre la maison en état pour la vendre.

Elle ravala un sanglot. Le produit de la vente ne lui reviendrait pas. Il irait à la banque qui entendait récupérer ce que Grandma lui devait. En partie, du moins.

— Mais… votre avion ?

— Ce n'est pas grave. Il faut d'abord nourrir les bêtes, puis nous-mêmes, et aller voir dehors l'étendue des dégâts.

— Vous savez que vous n'avez pas besoin de rester.

Il avait manqué l'avion à cause d'elle… Comment allait-elle faire pour le dédommager ?

— Vous voulez dire que vous ne m'offrez pas de petit déjeuner ?

— Si… Mais vous ne voulez pas partir au plus vite ?

— Sans déjeuner ? Hier soir, votre soupe était bonne mais pas très nourrissante. Hier soir toujours, j'ai vu votre réfrigérateur. Vous avez des œufs. Du pain. Des champignons…

— Mais… Et votre avion ?

— Il y a sûrement un vol pour Londres, ce soir. À condition qu'il y ait encore des places…

— Pour Londres ? Vous êtes anglais ?

Il le lui avait déjà dit, mais elle n'avait pas dû entendre.

— Oui, mi-anglais, mi-gallois.

Il s'était assis au bord du lit et mettait ses bottes, simplement, comme s'il était chez lui. Cette familiarité la troubla.

— J'habite à la limite des deux.

— Votre ferme…

— Ma ferme se trouve en Angleterre. Bien, par quoi commence-t-on ? Les chiens doivent vouloir sortir.

— Grandma a une porte réservée aux chiens. Elle la fermait quand Flossie était là, mais depuis qu'elle s'est sauvée…

— Je doute qu'elle ait envie de partir, maintenant.

Sur ces mots, il se pencha pour caresser la chienne qui avança vers lui. Sur trois pattes.

— Je crois qu'elle n'aura pas besoin du vétérinaire, dit-il la prenant dans ses bras. Mais il faut qu'elle sorte.

— Le jardin derrière la cuisine est clôturé, dit Charlie. J'arrive tout de suite. Ne la laissez pas s'échapper !

— Je vais sortir avec elle et la surveiller.

Il lui adressa un sourire dévastateur. Où avait-il appris à sourire comme ça ?

— Prenez votre temps pour vous préparer. Je vais vous soulager de quelques tâches. Un peu de répit vous fera du bien. J'irai inspecter les dégâts, dehors.

En se redressant, il passa la main sur sa joue. Elle était douce, et cette caresse lui faisait tant de bien qu'elle faillit poser sa main sur la sienne pour la retenir.

— Il faut vous faire aider, dit-il. Je n'ai que cette matinée à vous accorder, mais je le ferai volontiers.

Décidée à le prendre au mot, elle fila sous la douche et s'y attarda. L'eau chaude sur ses épaules était apaisante et semblait emporter ses soucis. Bryn voulait l'aider et, bizarrement, elle lui faisait confiance. Il était sorti mener les vaches au pré, ramasser les œufs et sortir les poules pour la journée. Le travail classique d'un fermier.

Mais pourquoi, alors qu'elle ne savait rien de lui, lui faisait-elle confiance ? Les ennuis de sa grand-mère ne lui avaient donc rien appris ?

Elle réfléchit. Que risquait-il de faire ? Lui chiper des œufs et se sauver ? Il n'y avait guère autre chose à voler, ici.

Tout était vendu et ce qu'il restait ne valait pas grand-chose. Une vache famélique et son veau. Des poules qui auraient bientôt passé l'âge de pondre et sept chiens sans pedigree.

La boîte à bijoux de sa grand-mère était vide, et les étagères délestées de tout ce qui avait la moindre valeur. Tout était parti, jusqu'aux canapés du salon,

les terres et s'était consacrée aux animaux blessés ou abandonnés.

Six mois plus tôt, elle avait trouvé une vache errant sur la chaussée, qui lui avait donné un veau quelques semaines plus tard. Comme ils n'étaient pas beaux, personne n'en avait voulu. Alors, elle les avait gardés.

Charlie aurait dû les enfermer dans l'enclos pour la nuit. Mais comment forcer un animal à rentrer au bercail s'il n'en a pas envie !

Le petit déjeuner avalé, ils s'armèrent de courage et descendirent au ruisseau. Cordelia était toujours là, enfoncée jusqu'au ventre dans l'eau dont elle fixait les profondeurs. Bryn, en costume de ville, comme la veille, avait pris une corde et une pelle dans l'appentis, en passant.

— Je sais, j'aurais dû la faire rentrer, mais elle ne voulait pas.

— Vous avez les chiens pour ça, dit-il en regardant la meute qui les avait suivis.

— Vous me montrerez comment faire, parce que je ne sais pas. Et je les dresserai.

— Hum… Je ne suis pas sûr qu'ils soient vraiment faits pour ça.

Sur cette remarque, il se mit à rire.

— Ne vous moquez pas de mes chiens !

— Je ne me permettrais pas, dit-il, riant de plus belle.

Elle se sentait bien. Un peu intimidée, mais bien. C'était une belle matinée. Le soleil lui caressait le visage, et elle ressentait encore la tiédeur des bras de cet homme autour d'elle.

— Bien, dit-elle d'un ton ferme. Dites-moi où je dois creuser.

— Non. C'est moi qui vais le faire.

— Vous plaisantez ! Habillé comme ça ?

— Je n'ai pas vu de bottes à ma taille dans l'appentis. Je n'ai pas le choix.

— En ce cas, je veux vous aider.

Regardant les mocassins qu'il avait aux pieds, il sourit.

— Vous savez quoi ? À l'heure qu'il est, je devrais être en train de m'ennuyer à cent sous de l'heure dans un avion. Je suis tellement content de faire ça avec vous que je ne regrette pas ce contretemps. Au contraire !

Il fallait de l'ingéniosité et de la patience pour sortir une vache d'un si mauvais pas.

— Je vais creuser, dit Charlie.

— Non. Vous allez vous approcher d'elle et lui parler pour la rassurer. Vous la nourrissez depuis trois semaines, alors elle vous connaît.

Charlie s'exécuta. Au bout de quelques minutes, le murmure à l'oreille de la vache restant sans effet, Bryn décida d'adopter une autre méthode.

— Elle n'est pas très maligne, votre vache. On va faire autrement. Venez creuser avec moi. Quand ce sera assez profond, on posera la planche qui lui permettra de remonter.

Charlie n'avait pas encore d'ampoules aux mains mais sentait que cela n'allait pas tarder. Bryn, lui, creusait comme s'il avait pelleté des tonnes de boue toute sa vie.

Aucun doute possible, c'était un fermier, un vrai !

Quelle chance elle avait qu'il soit avec elle, ce matin ! Elle ne remercierait jamais assez la bonne fée qui l'avait fait renverser Flossie sur la route. Ce matin, d'ailleurs, Flossie allait mieux. Elle boitait moins. Il n'y aurait pas de notes de vétérinaire à payer. La vie lui souriait, en fin de compte !

Enfin, presque…

Car il y avait beaucoup de choses qui n'allaient pas. Pour l'heure, concentrée sur sa pelle, elle préférait penser à ce qui fonctionnait. Et à cet inconnu, ce bel inconnu qui l'avait tenue dans ses bras et qui maniait la pelle à côté d'elle.

Ils avaient déjà positionné la planche, mais rien ne se passa. Mais il en fallait plus pour contrarier Bryn.

— Donc, vos vaches sont intelligentes ? Combien en avez-vous ?

— Assez pour me tenir occupé, répondit-il avec un sourire énigmatique. Plus que vous. On ne gagne pas sa vie avec deux vaches. Et vous ? Vous réussissez à travailler d'ici ? Vous êtes architecte d'intérieur, m'avez-vous dit ?

— Non, je ne peux pas gagner ma vie ici. Il faut que je retourne rapidement à Melbourne. Mais pas avant d'avoir casé tous ces animaux.

Bryn s'arrêta et regarda Cordelia. Elle avait fini de se débattre et attendait. Autour d'eux, les chiens gambadaient, heureux.

— Et si vous ne réussissez pas à *les caser*, comme vous dites ?

— Je ne sais pas. Je ne me vois pas avec eux dans un studio.

Il fit quelques plaisanteries sur la vache, qu'on pouvait enrubanner pour en faire cadeau à quelqu'un, qui ne la firent pas rire du tout. Mais faire la tête ne l'avançait à rien. Mieux valait penser à autre chose.

— Dites-moi... Pourquoi êtes-vous en Australie ? Et que faisiez-vous sur cette route hier soir ? Je sais que vous alliez prendre l'avion, mais que faisiez-vous ici ?

— Je réglais des affaires familiales.

Son sourire s'évanouit.

— Ah oui, votre oncle ! Il est décédé ?

Elle se tut. Elle était trop curieuse. Les histoires de cet étranger ne la regardaient pas.

— Non, il n'est pas décédé. Tenez, aidez-moi. On va avancer la planche vers elle.

Ils déplacèrent la planche dans l'espoir que Cordelia comprenne qu'elle avait maintenant un plancher, bien stable, pour sortir de sa fâcheuse position.

Il avait toujours l'air sombre, remarqua Charlie. Cet homme avait sûrement des soucis.

— Non, reprit-il. Il n'est pas mort, mais cela aurait pu arriver. Mon oncle a eu de gros ennuis. J'ai fait tout ce que j'ai pu pour les arranger.

— Des ennuis financiers ?

— On peut dire ça comme ça.

— Beaucoup de fermiers ont connu des difficultés, ici, dit-elle d'un air compatissant. La dernière sécheresse...

— Mon oncle n'est pas fermier, rétorqua-t-il d'un ton qui disait qu'il voulait en rester là.

Gênée de s'être montrée indiscrète, elle se tut. Il ne tenait pas à parler de son oncle. Elle avait eu tort de s'aventurer sur ce terrain-là. Ce n'étaient pas ses affaires.

Ils étaient presque au bout de leurs peines, maintenant. Elle n'avait qu'à se concentrer sur ce qu'il restait à faire pour dégager cette malheureuse bête et la ramener sur la terre ferme.

Bryn recula pour apprécier son travail et regarda Cordelia à laquelle, décidément, il trouvait l'air idiot.

— Elle doit avoir froid, dit-il dans un élan d'empathie envers l'animal.

— Elle n'a qu'à nous aider un peu !

— On y est presque. Je vais tirer, et elle va finir par avancer. Une chose que j'ai apprise en vingt-cinq ans de travaux à la ferme, c'est qu'on peut faire faire à un animal stupide ce que l'on veut qu'il fasse. La seule exception, c'est mon imbécile d'oncle !

Il y eut un silence. Il vérifia de nouveau la planche, encorda la vache et, Charlie empoignant le bout de la corde et lui le milieu, ils se préparèrent.

— Je compte jusqu'à trois et on tire, lança-t-il.

La vache beugla, puis beugla plus fort et ne bougea pas. On aurait dit qu'elle se plaisait dans la boue.

Ils tirèrent encore et encore, sans relâche, et sentirent la vache hésiter, sans doute parce que la corde lui serrait le cou.

Elle posa enfin une patte sur la planche.

— C'est ça, vas-y ! s'écria Bryn.

L'animal souleva la deuxième patte avant. À cet instant, le veau resté dans l'étable beugla à son tour. Cordelia regarda du côté de l'étable, remonta brusquement la planche et galopa vers son petit. Déstabilisés, Charlie et Bryn tombèrent sur le dos. Bryn roula sur le côté et attrapa Charlie qui riait aux éclats. Il l'attira contre lui et serra son visage dans ses mains couvertes de boue.

Allait-il l'embrasser ?

Non, c'était ridicule. Il n'y pensait sûrement pas.

Il n'y avait qu'elle pour avoir des idées aussi folles. L'embrasser aurait été inconvenant…

Mais qu'est-ce qui lui inspirait une telle pensée ? Était-ce la décompression après trois semaines de choc, de chagrin, de stress, de désespoir ou la peur de la nuit dernière ? Ou, encore, le fait d'avoir dormi dans les bras de cet homme ? Ou tout simplement, le désir ? Car il lui plaisait, cela ne faisait aucun doute.

Comme sa bouche frôlait la sienne, elle se mit à trembler. Il commença alors à l'embrasser, tendrement d'abord, comme pour lui poser une question. Le baiser qu'elle lui rendit contenait la réponse. *Oui.* Sans attendre, il happa sa bouche. Son baiser se fit alors fougueux, impérieux, possessif même. Mais ce n'était pas assez. Elle voulait déjà plus. Elle voulait qu'il la prenne. Les semaines passées, elle avait été aspirée dans une spirale infernale. Aujourd'hui, plus sereine, elle se sentait libre. Libre de penser à cet homme.

À cette bouche qui incendiait la sienne.

Elle avait l'impression de fondre sous ses lèvres. Sa force, son assurance…

C'était un homme de la campagne et, aussi, un homme qui savait ce que veut une femme.

Elle avait envie de lui.

Avec une force qu'elle n'avait jamais encore ressentie.

Allongés sur l'herbe encore mouillée après l'orage, ils continuèrent de s'embrasser. Le soleil du matin ne l'avait pas encore séchée, mais Charlie n'avait pas froid, dans les bras de Bryn.

C'était un inconnu qui avait un vol à prendre pour retourner chez lui, bon sang ! Il ne s'agissait que d'un interlude. Si elle pouvait tout oublier dans la magie de cet instant, qui l'en blâmerait ?

Il approfondit encore son baiser, et elle lui répondit avec ardeur. S'ils avaient été dans une chambre confortable au lieu de ce pré inondé où l'eau détrempait déjà leurs vêtements, Dieu sait ce qu'il se serait passé…

Mais Bryn gardait le contrôle de lui-même.

Après quelques minutes pendant lesquelles le monde avait cessé d'exister, ils s'écartèrent l'un de l'autre.

— Pas mal pour débuter une journée ! dit-il. C'est ainsi que vous remerciez les ouvriers agricoles qui viennent vous prêter main-forte ?

S'ils vous ressemblent, pourquoi pas ? pensa-t-elle.

Il se leva, lui tendit la main pour l'aider à se relever. Son geste fut si brusque qu'il la plaqua contre lui, poitrine contre poitrine. Elle serait bien restée ainsi quelques instants, mais il la repoussa. Il était raisonnable, elle devait l'être aussi.

— Allons voir Cordelia, dit-il à contrecœur.

Regrettait-il, comme elle, de ne pas être allé plus loin ?

— Il faut lui ouvrir l'étable pour qu'elle retrouve son veau. Ensuite nous nous sécherons.

Quel homme raisonnable !

— J'espère que vous avez des vêtements de rechange dans votre voiture, dit-elle, parce que…

— Commençons par la vache. On ne s'est pas donné tout ce mal pour qu'elle meure d'hypothermie. Allez, rentrons-la avec son veau ! Comment s'appelle-t-elle déjà ?

— Cordelia.

Il sourit et, du dos de la main, caressa la joue maculée de boue de Charlie. Jamais caresse ne lui avait paru aussi douce, aussi tendre. Elle frissonna. Elle désirait… Elle désirait…

Bon sang ! Elle était adulte, maintenant. Il était temps qu'elle comprenne qu'il ne suffisait pas de désirer pour avoir. Elle ferait mieux de regarder la réalité en face !

— Bien, dit-elle, s'arrachant à ses fantasmes.

Cordelia attendait devant la porte derrière laquelle le veau, qui avait flairé sa mère, beuglait.

Tout ce vacarme la ramena à la réalité.

Qu'allait-elle faire de ces deux animaux ?

D'abord, les sécher. Ensuite, elle improviserait. Quand Bryn serait reparti pour l'Angleterre, le monde continuerait de tourner, comme si rien ne s'était passé.

Elle fit un pas en avant, mais se tordit le pied et trébucha. Vif comme l'éclair, Bryn lui tendit la main pour la rattraper. Elle la prit et la garda dans la sienne.

Il fallait qu'elle voie la réalité en face… Oui, mais plus tard.

3.

Bryn savait aussi nettoyer une vache, alors qu'elle ne savait pas du tout comment s'y prendre.

— Si on ne s'en occupe pas, la boue séchera sur elle et elle aura froid. Il faudrait un tuyau d'arrosage. Je vais voir dans l'appentis.

Il revint avec un tuyau et des chiffons.

— Il faut frotter, dit-il tendant un chiffon à Charlie. Cela nous réchauffera nous aussi. Et nous économiserons la visite du vétérinaire.

Nous, nous, nous. Le mot, magique, la faisait rêver, mais il ne s'en rendait pas compte. Toute son attention était concentrée sur le veau et sa mère auxquels il parlait doucement.

— Vous croyez qu'elles comprennent ? demanda Charlie dans un sourire.

— Toutes les vaches connaissent le gallois. C'est la langue internationale des bovins.

La réponse amusa la jeune femme qui se mit à frotter de plus belle le pelage de Cordelia.

— Vous n'êtes pas obligée de frotter si fort, dit-il. Qu'est-ce qui ne va pas ?

— Moi ?

— Oui, vous ! Je vois bien. Qu'est-ce qui vous tourmente ? Je sais, il y a le décès de votre grand-mère.

Il ne riait plus, tout à coup.

— Vous n'êtes pas obligée de me répondre.

Elle haussa les épaules et frotta encore plus fort.

— C'est… que cette ferme est… hypothéquée. Et que je ne sais pas où je vais trouver l'argent pour rembourser. La banque va mettre la main dessus. Elle m'a accordé un délai d'un mois, ce qui est généreux de sa part, dans la mesure où ma grand-mère était criblée de dettes. Mais moi, dans tout ça ? Je dois retourner à Melbourne. Vous pouvez me dire ce que je vais faire de cette arche de Noé ? Des chiens galeux, une vache stupide et son veau, et une armée de poules qui ne pondent plus depuis longtemps…

— Les refuges existent.

— Je sais, j'ai déjà pris contact avec eux. Ils sont débordés. Ils peuvent garder les chiens pendant un mois et essaeront de leur trouver des familles d'accueil, mais ils n'ont pas beaucoup d'espoir. Les chiens de ma grand-mère ne sont pas particulièrement sexy !

Elle sentit sa main prendre la sienne.

— Calmez-vous. Il doit bien y avoir une solution.

— Vous me direz laquelle, gronda-t-elle dégageant sa main.

L'heure n'était plus à la romance.

— Bon, on a fini ! lança-t-elle. Allons chercher vos vêtements dans votre voiture, lavons-nous et préparons-nous pour une nouvelle journée.

Elle hocha la tête, puis reprit :

— Je vais cisailler la clôture pour que votre voiture puisse passer. C'est très simple.

— Pas si sûr ! déclara-t-il. L'arbre qui est tombé hier soir… Il est tombé sur ma voiture.

Elle le fixa, horrifiée.

— Je ne l'ai pas inspectée de près mais, vue de loin, elle est bonne pour la casse.

— Mais c'est terrible ! Mais vous auriez pu être dedans !

— Je ne l'étais pas. C'est pour cela que je suis d'un optimisme béat depuis ce matin. Il fait beau, je suis vivant et il y a une solution à tout.

— Je veux voir, dit-elle.

Il lui prit son chiffon des mains et donna une tape à Cordelia.

— D'accord, mais je vous préviens, c'est impressionnant.

Ce n'était pas joli, en effet.

Il s'était passé tellement de choses ce matin qu'elle n'avait pas pris le temps d'aller regarder dehors.

Le spectacle était désolant. L'eucalyptus avait quasiment coupé la voiture en deux. C'était un très vieil arbre, mort depuis longtemps, mais Grandma n'avait jamais admis l'idée de l'abattre. Le géant gisait là, maintenant, c'était un tel désastre qu'elle en avait les larmes aux yeux.

Pour ses huit ans, son grand-père avait accroché une échelle de corde à la branche la plus basse. Quelle année ! Ses parents divorçaient, un divorce si difficile qu'ils avaient confié leur fille à ses grands-parents « pour ne pas l'avoir dans les pattes ».

C'était aussi bien comme cela. Elle avait besoin d'une maison calme. On lui avait donné des bandes dessinées, qu'elle avait dévorées, alors que sa mère lui en interdisait la lecture ! Charlie avait installé des coussins entre deux grosses branches pour se faire un fauteuil et, une fois remontée l'échelle de corde, elle pouvait imaginer que le monde n'existait plus. Une bénédiction.

Et maintenant son refuge venait de s'effondrer.

Émue aux larmes, elle s'approcha. La voiture de Bryn était prisonnière des branches mortes. Le sinistre ayant eu lieu chez elle, il allait sûrement lui intenter un procès.

Ennuyée, et inquiète de la suite que son hôte allait réserver à ce sinistre, elle avança pour mieux voir. La pluie n'avait rien arrangé. La voiture était jaune et, sur la calandre, on devinait un cheval cabré dans une sorte de macaron et un « F » majuscule…

— Mais… C'est une superbe voiture ! Une voiture de sport italienne !

Elle recula.

— Je l'ai déjà vue, cette voiture !

Elle l'avait vue, bien avant la mort de Grandma. Un jour où elle était venue de Melbourne passer le week-end avec sa grand-mère. Elle arrivait quand le bolide partait. À son bord se trouvait un homme de soixante ans environ, très chic. Il avait baissé sa vitre et lui avait souri, un sourire qui l'avait interrogée. Que faisait ce personnage, dans cette luxueuse sportive, chez sa grand-mère ?

— Bonjour, mademoiselle Foster. Je suis Thomas Carlisle. Vous êtes en avance. Votre grand-mère m'a dit que vous veniez la voir aujourd'hui. Je suis désolé de ne pouvoir rester plus longtemps, mais laissez-moi vous dire que vous avez une grand-mère merveilleuse. Elle est intelligente et très fine. Cela a été un plaisir de faire affaire avec elle…

Il était sorti de sa belle italienne et lui avait pris la main qu'il avait tenue – un peu trop longtemps à son goût – dans la sienne. Puis il s'était rassis dans son auto et avait filé. Elle ne l'avait plus jamais revu. Sa grand-mère non plus !

Il n'était resté de lui qu'une catastrophe.

— J'ai juste investi quelques dollars, lui avait dit sa grand-mère, déjà sur la défensive. C'est un investissement sûr, et cet homme est tellement intelligent ! C'est un noble, Charlie, un baron ! On est censé l'appeler Lord Carlisle, mais il m'a demandé de l'appeler simplement « Thomas ». Il est très simple, mais il possède un manoir et tout ce qui va avec !

Émoustillée, elle avait repris son souffle avant de poursuivre.

— Il ne se vante pas du tout. C'est dommage qu'il n'ait pas pu rester. Vous auriez pu parler. Mais il est très occupé ! Il a déposé des brochures au supermarché et tout le monde ne parle plus que de ça. Regarde…

Elle avait tendu à Charlie un document en papier glacé, très élégant, très prometteur.

— Regarde ça. J'en fais partie maintenant, avait dit sa grand-mère avec fierté.

— Quel baratineur ! gronda Charlie, un goût amer dans la bouche au souvenir de cette conversation avec sa grand-mère.

Debout à côté d'elle, Bryn avait changé de tête.

— Vous avez connu mon oncle, alors.

— Votre oncle ?

Elle se tourna vers lui.

— Cette ordure ? C'est votre oncle !

Elle faillit s'étouffer de rage.

— C'est vous qui avez dépouillé les habitants du

coin de leurs économies, vous qui avez causé la mort de Grandma. Vous n'êtes qu'un immonde escroc !

Elle ne parvenait plus à parler. Les mots s'étranglaient dans sa gorge. Hystérique, elle se retourna et observa ce qu'il restait de cette auto ridicule.

— Fichez-moi le camp ! éructa-t-elle, en furie. Je me fiche de votre épave, et de ce qu'elle va devenir. Dégagez ou j'appelle la police. D'ailleurs, je devrais le faire tout de suite. Votre oncle…

— Mais je n'ai rien à voir avec ça, Charlie.

— Ah non ? Qu'est-ce que vous êtes venu faire ici, alors ? Régler des affaires de famille ! Je n'invente rien, c'est vous qui l'avez dit. Voleur !

— Mais…

— Où est-il maintenant, ce salaud ? On a raconté qu'il s'était suicidé, mais la police pense que c'est faux, qu'il est allé se cacher au Brésil ou je ne sais où, et qu'il se vante d'être *lord* pour mieux vendre ses mensonges à d'autres vieilles personnes crédules…

Elle s'emballa.

— À moins qu'il soit encore ici. C'est ça ! C'est pour ça que vous êtes là ? Pour l'aider à prendre la fuite ! Bref, peu importe, je ne veux plus rien avoir à voir avec ça. Ni avec vous. Je ne vous remercie même pas d'avoir sauvé Cordelia. Et Flossie. Partez !

Hors d'elle, elle pivota et s'en alla en courant vers la maison.

Lord Carlisle de Ballystone, Bryn menait une vie bourrée de privilèges. Quand son grand-père avait décliné et était devenu totalement dépendant, Bryn s'était dit qu'il devait prendre soin du domaine et poursuivre l'œuvre de ses ancêtres. Il avait travaillé dur, mis la main à la pâte, aimé ce qu'il faisait. Les terres avaient gagné en qualité. Celles des métayers aussi, et les bêtes de Ballystone Hall étaient maintenant réputées dans le monde entier.

Pour ce qui concernait sa vie matérielle, il n'avait jamais manqué de rien. Un bain chaud tous les soirs, des mets raffinés à tous les repas, du personnel pour veiller aux détails du quotidien.

Du personnel, voilà ce dont il avait besoin aujourd'hui ! Oui, il lui fallait de l'aide pour se sortir de ce bourbier.

Il était sale. Sa veste était restée dans la maison, tachée du sang de Flossie. Il était en chemisette, pantalon et chaussures quand il avait désembourbé Cordelia, mais maintenant… Le soleil ne chauffait pas encore assez pour stopper le froid. Il était mouillé, sale, et il grelottait.

La maison derrière lui était fermée à double tour. Il entendait encore le *bang* quand Charlie avait claqué la porte, en proie à une rage folle !

Quand il se passa la main dans les cheveux, un peu de boue glissa entre ses doigts.

Il avait besoin de son téléphone. Il était dans une poche de sa veste, mais il l'en avait enlevé quand il s'était servi du vêtement pour porter Flossie. Il devait être sur le siège passager.

Il avait de quoi se changer dans la voiture.

S'il parvenait à l'atteindre, il pourrait prendre ses affaires, le téléphone, se laver le visage dans l'appentis et appeler son assurance à l'aide. Il pourrait même appeler la police et demander au sergent d'expliquer à Charlie qu'elle se trompait. Qu'il n'était pas le salaud qu'elle s'imaginait.

Encore faudrait-il qu'elle l'écoute.

Il *voulait* qu'elle l'écoute.

Bizarrement, la pensée d'une histoire d'amour, d'un flirt… Non, c'était la dernière des choses à envisager en ce moment. Jamais, d'ailleurs. La seule idée d'aimer quelqu'un…

Pourquoi avait-il ce genre de pensée, subitement ? Ça n'avait pas de sens. Pourtant, cela lui tournait dans la tête…

À dix-neuf ans, il avait perdu son père, son oncle, son cousin et sa sœur jumelle dans un drame horrible. Son chagrin avait été immense. Il ne s'en était jamais remis. Les années suivantes, il était sorti avec des femmes mais, quand il sentait qu'il tombait amoureux, il se désengageait de peur de les perdre. Jamais il ne parvenait à créer de lien durable.

Hier soir, il ne s'était pas retenu. Ce matin, non plus. Il avait tenu, serré Charlie comme on serre quelqu'un qui compte.

Parce qu'elle comptait pour lui. Même s'il ne la connaissait que depuis quelques heures.

Les semaines passées, jusqu'au cou dans les affaires sordides de son oncle, loin de chez lui, loin de son quotidien, il avait laissé tomber ses défenses. Elles fonctionneraient de nouveau bien assez tôt.*Retiens-toi*, se dit-il. *Aide cette jeune femme, sois amical mais pas plus. De toute manière, elle ne recherche pas ton amitié. Elle te voit comme ton escroc d'oncle.*

Il finit par chasser de son esprit l'image de Charlie en colère et s'attaqua à ce qui gisait devant lui. Un enchevêtrement de branches cassées qui l'empêchait d'accéder à la voiture. Une grosse branche bloquait le côté passager. Une autre, plus petite, s'était abattue sur la portière du conducteur. Une troisième avait écrasé le capot et le moteur.

Il se tourna vers la maison,et vit bouger les rideaux d'une fenêtre.

L'aide ne viendrait pas de Charlie. Mais comment lui en vouloir ? Ce qu'avait fait son oncle était monstrueux.

Il pensait que Thomas choisissait ses victimes parmi les fermiers qui élevaient des bovins Hereford. S'il avait pu se douter que la grand-mère de Charlie avait été victime de ses magouilles, il lui aurait tout expliqué plus tôt. C'était trop tard, maintenant. Mais tout de même… Se dire qu'elle pensait ça de lui…

Et puis, tant pis, après tout ! Il fallait qu'il cesse de penser à Charlie et ses insultes, et se concentre. Sur ce qu'il avait à faire : sur ses vêtements, son téléphone, sa voiture.

Dans le local où Cordelia et son petit récupéraient, il avait remarqué une vieille faux, comme celles qu'utilisaient au siècle dernier les métayers pour la moisson. Il aimait les vieux outils.

Il avait vu des vieilles scies, aussi. Mais elles ne lui avaient pas plu.

De nouveau, il considéra l'arbre échoué sur sa voiture et pensa aux tronçonneuses remisées dans les dépendances de Ballystone et entretenues avec amour.

Il sciait les branches pour accéder à sa voiture.

Il ne fallait pas qu'elle regarde. Elle s'était douchée et avait bien chaud. Les portes de la maison étaient verrouillées, elle n'avait qu'à passer à autre chose. Mais elle n'y parvenait pas. Elle bouillait encore de rage et ne supportait pas l'idée que ce type soit encore sur ses terres.

Enfin, sur celles de la banque.

Elle n'avait qu'à appeler la police. Ils seraient ravis de le choper ! Elle avait presque accompli son devoir de citoyenne car il était… coincé !

Dans la chambre de Grandma, elle regardait dehors, par l'interstice entre les rideaux.

Il avait ôté sa chemise et sciait méthodiquement, d'avant en arrière, à longs gestes réguliers.

Les outils n'avaient pas servi depuis la mort de Grandpa, il y avait dix ans déjà. La scie devait être complètement rouillée.

Bien fait ! se dit-elle. Il avait ce qu'il méritait. Et si cela lui prenait toute la journée, ça ne serait pas cher payer pour tout le mal qu'il avait infligé à cette communauté. À Grandma.

À elle.

Elle descendit et fouilla dans le bureau en quête de la fameuse brochure que Grandma lui avait montrée. Elle était superbe, avec la photo d'un bœuf Hereford en première de couverture, un animal exceptionnel. En arrière-plan, on devinait une construction qui ressemblait à un petit château se découpant sur les montagnes.

Une opportunité à saisir.

Des saillies de taureaux de Lord Carlisle de Ballystone Hall.

La brochure poursuivait avec une litanie de commentaires tous plus impressionnants les uns que les autres, issus de magazines anglais parmi les plus respectés, consacrés au monde agricole.

Ce que Lord Carlisle a accompli a considérablement amélioré la qualité des élevages de ce pays.

Il y avait des liens vers d'autres articles qui vantaient les mérites de cette race.

Enfin, arrivait l'offre…

La vente de sperme est soumise à certaines conditions stipulées en dernière page. Si vous n'êtes pas intéressé par l'achat de sperme, vous avez la possibilité, une chance unique, d'investir dans cet élevage exceptionnel.

Officiellement, Lord Carlisle ne cherchait pas à gagner de l'argent mais à assurer l'extension de cette race qu'il avait élevée et perfectionnée chez lui.

Il y avait des témoignages, authentifiés, des résultats époustouflants obtenus à partir du sperme de ces taureaux. Des photos accompagnaient les éloges dont la brochure n'était pas avare. Pour terminer en beauté et rassurer, si besoin, ceux qui hésitaient encore, les armes des barons Carlisle de Ballystone Hall illustraient la quatrième de couverture.

Cela allait sans dire, les flacons de sperme étaient numérotés et certifiés. Il n'y avait donc pas de fraude possible.

Forte de toutes ces promesses, Grandma ne s'était pas contentée d'investir tout l'argent qu'elle avait, elle s'était précipitée à la banque pour emprunter et en investir davantage. Le directeur de la petite agence de campagne, personnage avide et sans scrupule, avait été lui aussi enchanté de cette opération.

Tout cela était absurde et ressemblait à une mauvaise farce. Une simple recherche sur Internet aurait permis de démasquer cet escroc avant qu'il ne commence à arnaquer tout le pays.

Mais cette région et ses habitants souffraient. La sécheresse avait ruiné les récoltes et réduit les revenus à néant. Fuyant ce climat de dépression, les jeunes étaient partis en ville chercher du travail. Il ne restait au pays que les anciens attachés à leur terre et qui se démenaient pour joindre les deux bouts.

Ils espéraient encore mais, comme chacun sait, l'espoir est fragile. Cet homme avait profité de leur vulnérabilité pour les spolier.

Quand Charlie avait compris ce qui se passait, l'affaire avait déjà éclaté au grand jour. Elle n'avait pas eu besoin de porter plainte, la police s'en était chargée. Le vrai Lord Carlisle était un homme discret, âgé et de santé fragile, qui vivait quasiment en ermite.

Celui qui prétendait être Thomas Carlisle en avait de toute évidence profité. Il s'était créé un site en ligne, avait imité la signature, volé certificats, papier à en-tête, factures et échantillons de sperme. Plus misérable encore, il avait vendu des promesses. Du vent. Des mensonges.

Le véritable Lord Carlisle avait été alerté et il était, disait-on, atterré.

Elle se connecta à Internet et chercha les derniers articles publiés à propos de l'escroquerie. Thomas Carlisle, de son vrai nom, Thomas Morgan, était donc l'oncle de Bryn.

Bryn conduit la voiture de son oncle. Il est venu aider un homme qui a détruit des vies, pensa-t-elle, à la fois effondrée et furieuse.

Assise à la table de la cuisine, elle continua de pianoter sur le clavier de l'ordinateur. Elle avait les larmes aux yeux.

Elle se remémora l'appel désespéré de Grandma. « Ils vont me prendre mes terres, ma chérie. Ma maison… Ils viennent à la fin de la semaine. »

Charlie était arrivée ventre à terre, en plein désarroi. Elle avait transféré ce qu'il lui restait d'argent pour arrêter momentanément les huissiers, puis était repartie pour Melbourne afin de consulter des avocats et…

La crise cardiaque avait frappé Grandma, et Charlie s'était réfugiée dans le chagrin…

C'était l'oncle de cet homme qui était responsable de tout ce malheur. Cet homme qu'elle avait embrassé et qui était occupé à scier les branches cassées avec un outil rouillé pour tenter de dégager sa voiture qui devait valoir plus que cette ferme.

— Je devrais appeler les fermiers alentour pour qu'ils viennent voir ça ! lâcha-t-elle tout haut.

Mais elle n'en fit rien. Le mal était fait, maintenant, et elle comprenait pourquoi sa grand-mère s'était fait berner.

— Si son oncle avait le même sourire que lui…, murmura-t-elle.

Elle gagna la cuisine et caressa Flossie qui allait beaucoup mieux qu'hier. Bryn s'était occupé d'elle presque tendrement, et avec une infinie patience.

— Quelle déception ! Il peut scier pendant un mois s'il veut, je n'y retournerai pas.

Bryn sciait depuis une heure au moins quand un camion s'arrêta.

— Ça va bien ? demanda le fermier en descendant de son véhicule. Charlie est là ?

— Elle est à l'intérieur. Un arbre est tombé sur ma

voiture hier soir et j'ai toutes mes affaires dedans. Vous n'auriez pas une tronçonneuse à me prêter ?

L'homme regarda Bryn qui se redressait et changea d'expression.

— Non, je n'ai rien à voir avec lui. Je vais juste rendre la voiture à…

Combien d'agriculteurs son oncle avait-il escroqués ?

— C'est son neveu ! cria une voix. Il est venu pour l'aider.

Elle avait passé la tête à la fenêtre et hurlait à l'adresse de l'homme qui recula comme si Bryn était un pestiféré.

— Ça va, Charlie ? Qu'est-ce qu'il fait là ?

— Oui, oui, ça va. Il paye pour ce qu'ils ont fait. Il faut le laisser se débrouiller.

— Il en a pour plusieurs jours, répliqua le fermier à Charlie. Bien fait pour lui ! Il y a des dégâts chez moi aussi. Bon, si tout va bien ici, je m'en vais.

— Merci, lança Charlie. Occupons-nous de nous. Tant pis pour lui !

Sur ces mots, elle claqua sa fenêtre. Le camion fit demi-tour, et Bryn resta seul.

Il sciait toujours.

D'une certaine façon, être ainsi occupé l'aidait à songer à autre chose. Il avait passé la semaine dans la chambre d'un motel modeste ou dans les locaux de la police où il avait subi un interrogatoire serré de la part de policiers, de comptables, d'avocats, essayant de se tirer d'affaire le moins mal possible. À la fin, ses avocats étaient repartis. Ils avaient leur avion à prendre. L'affaire était plus ou moins réglée, mais la semaine avait laissé des traces. Il se sentait sale avant d'arriver ici, et le mépris que Charlie lui avait montré aggravait encore sa honte.

Mais que pouvait-il faire ?

Des années plus tôt, sa famille avait abandonné l'idée de payer pour racheter les fautes de Thomas. Ce que celui-ci avait volé, joué, escroqué durant sa vie avait suffi à détruire le travail que ses proches avaient fourni, et même plus. Le doute planait maintenant sur le site de Ballystone Hall, que la famille utilisait pour vendre le bétail. Dorénavant, les gens se méfiaient. À juste titre. Les semaines passées avaient coûté une fortune. L'idée de dédommager toutes les victimes…

— Ne le faites pas, lui avaient dit ses hommes de loi avec fermeté. Votre grand-père est d'accord pour ne rien verser, vous devez en faire autant. Dédommager serait reconnaître une obligation de votre famille, et vous vous retrouverez à devoir verser des indemnités à toutes les personnes victimes de votre oncle depuis trente ans.

Hier, il ne pensait qu'à une chose : rentrer chez lui et tout oublier. Il ne supportait pas d'affronter les victimes de Thomas. D'entendre la haine de Charlie.

Ah, si Thomas avait été là, en cet instant !

Mais il ne l'était pas. Bryn ne pouvait que s'en remettre au tribunal international en espérant qu'un jour justice soit rendue.

Pour l'heure, il pouvait peut-être aider Charlie ? La dédommager. Cela ne l'engageait à rien au plan sentimental.

Mais l'avertissement de ses avocats tintait à ses oreilles. « Un seul dédommagement et vous devrez rembourser des millions à tous les plaignants. La plupart des pays ont des fonds d'indemnisation pour les victimes. Désolé, Lord, mais vous allez devoir vivre avec. »

C'est ce qu'il faisait en ce moment.

Il ne lui restait qu'à scier et se débarrasser du bois mort.

Il était toujours sur ses terres et cela faisait trois bonnes heures qu'il maniait la scie. Elle avait les chiens à sortir, les poules à nourrir et devait s'assurer que Cordelia allait bien. Il fallait donc qu'elle mette le nez dehors. Elle ne pouvait pas demeurer dans la cuisine à pester le reste de la journée. Ou de la semaine. Ou jusqu'à ce que les huissiers viennent déposséder définitivement Grandma de sa ferme.

Il avait scié toute la matinée, ça suffisait, non ? Elle n'avait qu'une envie, maintenant qu'il s'en aille, loin si possible.

Elle regarda le tas de bois. La voiture n'était pas près d'être dégagée. Son voisin avait dit qu'il en avait pour quelques jours, mais elle ne voulait plus le voir. Il fallait qu'elle se débarrasse de lui. Comment ? Son téléphone devait être dans la voiture. Autrement, il aurait sûrement appelé pour qu'on vienne l'aider. Si elle lui prêtait son portable, il pourrait téléphoner à un dépanneur, à un bûcheron équipé d'une tronçonneuse.

Prenant son courage à deux mains, elle enferma les chiens et sortit.

4.

Comme elle s'avançait vers lui, elle constata qu'au lieu de dégager sa voiture, il déblayait l'entrée du garage. S'imaginait-il qu'elle allait le conduire quelque part ? Si c'était le cas, il se trompait lourdement !

Ce qu'il faisait n'avait pas de sens.

Comme s'il sentait sa présence, il s'arrêta.

— Mais qu'est-ce que vous fabriquez ? lui lança-t-elle d'un ton agressif.

Il sourit, comme pour la provoquer.

— Je scie, dit-il en reprenant son outil rouillé.

— Vous savez que c'est inutile de dégager l'entrée du garage. Il y a un taxi à Carlsbrook. Il vous emmènera à l'aéroport, il suffira de le payer. Je connais aussi un bûcheron, pas loin d'ici. Il est débordé de travail, mais rémunérez-le grassement et il dégagera votre voiture… Du moins, je l'espère.

Il s'arrêta de scier et se redressa.

— Et vous, alors ? Qu'allez-vous faire ?

— Quoi, moi ? C'est *mon* problème. Tout ce que je veux, c'est que vous disparaissiez !

— Il déblayera l'allée ?

— Éventuellement.

À condition qu'elle le rétribue. Mais avec quel argent ?

Il lui jeta un regard appuyé et se remit au travail.

— Je pense que j'aurai déblayé le plus gros avant ce soir. Dès que je pourrai atteindre la voiture, je prendrai mon portable et des vêtements et je m'organiserai pour partir. Le devant de votre maison sera nettoyé. Je vous remercie, mais je ne vais avoir besoin de personne.

Elle avait la tête qui tournait. Cet homme était un voleur, un magouilleur qui agissait comme s'il était honnête. C'était un menteur doté d'un charme fou. C'est pour cela qu'il les avait tous bernés. Elle comprenait maintenant que sa grand-mère se soit laissé gruger, elle aussi.

— Je ne veux plus de vous ici, répéta-t-elle pour la énième fois, d'un ton qui n'admettait pas de réplique.

Il se raidit et posa sa scie. C'était un bandit, un type méprisable, mais il avait une chose pour lui : il était d'une beauté ravageuse.

Était-il vraiment fermier ? Se pouvait-il qu'il lui ait menti, comme son oncle avait menti à sa grand-mère ?

Ah non ! Tu ne vas pas te laisser abuser à ton tour ! pesta-t-elle intérieurement.

Elle s'avança vers lui et lui tendit son portable qu'il refusa avec un sourire navré.

— Je ne veux plus rien de vous, Charlie.

Pourquoi se sentait-elle émue, subitement ? Elle n'allait quand même pas succomber sous prétexte qu'il était torse nu devant elle !

— Appelez la police de Carlsbrook, dit-il. Demandez à parler au sergent Marlow. J'ai travaillé avec lui les jours passés sur mon affaire.

— Celle de votre oncle ?

Il la regarda droit dans les yeux, sans ciller. Il inspirait confiance. Confiance ? Sa grand-mère aussi avait cru les boniments de son oncle, et pourtant…

— Thomas Carlisle est un pseudo. En réalité cet homme s'appelle Thomas Morgan, et c'est mon oncle. Il fait partie de ma famille, mais il y a longtemps qu'on ne le fréquente plus. Il a eu une jeunesse débridée, dévoyée même. Toujours en délicatesse avec la loi, il a fini par mal tourner, au grand désespoir de ma grand-mère. Mon grand-père est décédé récemment, sans l'avoir revu.

— Donc vous saviez que…

— Nous savions depuis longtemps que c'était une crapule, mais nous ignorions cette nouvelle arnaque jusqu'à ce que la police prenne contact avec nous.

Sa voix était grave, belle, profonde.

— Il nous a volés, poursuivit Bryn. Ma famille. Moi. Toutes les personnes qu'il approchait. Il n'était pas plus baron que lord.

Elle aurait pu chercher et trouver ces informations elle-même… En plein désarroi, elle n'y avait même pas pensé.

— Et vous ? Vous êtes vraiment fermier ?

Il ouvrit les mains. Elles étaient grandes, habiles… Des mains de travailleur. Elles avaient porté Flossie, la veille. Sorti Cordelia de la boue. Scié du bois durant trois heures sans avoir une ampoule.

— La ferme, c'est toute ma vie, commença-t-il. Je ne suis ici que pour…

— Aider votre oncle, dit-elle d'un ton sans appel. Ah, les familles ! Elles ne rejettent jamais un des leurs. Elles le soutiennent envers et contre tout.

Fusionnelles… Comme Grandma et elle.

— Je suis venu parce que j'ai appris son décès.

— Ah…

— Si vous avez été flouée par lui, vous apprendrez qu'il a organisé sa disparition avec tant d'ingéniosité qu'il s'est peut-être enfui, tout simplement. Il avait déjà grugé des gens. Il avait des procès en Angleterre et dans une douzaine d'autres pays. Ce qui s'est passé, ici, n'est rien comparé à ses arnaques précédentes. La justice du monde entier est à ses trousses.

Il n'avait pas bougé. Ils étaient à moins de dix mètres l'un de l'autre, mais un gouffre de défiance les séparait.

— Il semblerait que pour se donner le temps de quitter le pays, il ait garé sa voiture au bord de la falaise qui surplombe Deadman's Reach, sur la rive nord du fleuve traversant Carlsbrook. Il a laissé un mot où il se disait fatigué de fuir, et affirmait regretter sa vie de mensonges qu'il abandonnait sans regret… Une chaussure avait été déposée au bord de la falaise et on a retrouvé l'autre en bas. Son attaché-case était ouvert en grand, et son contenu s'était envolé. Il avait abandonné la voiture qu'il avait louée avec de faux papiers, évidemment ! Bref, on m'a téléphoné…

Il soupira, puis voulut poursuivre, mais sa voix s'étrangla. Son visage exprimait maintenant une grande tristesse.

— Je suis le seul parent qu'il lui reste. Mon père est mort il y a quelques années. Mon grand-père, récemment. Je n'ai pas pu exiger de ma mère qu'elle vienne en Australie témoigner que son beau-frère ne s'est pas suicidé, mais qu'il a fui avec un faux passeport vers je ne sais quel pays où il va recommencer ses arnaques.

— Vous saviez qu'il n'était pas mort ?

— J'avais des doutes. Maintenant, j'en ai la certitude. Si je suis ici, ce n'est pas pour l'aider, mais pour essayer de réparer le mal qu'il a fait. Vous n'imaginez pas à quel point j'aimerais le…

Il se tut et regarda autour de lui la propriété de Charlie. Celle que la banque allait lui prendre.

— J'arrête. La colère ne mène à rien.

Ne sachant plus que penser, elle hocha la tête.

— Mais… Cette auto ?

— Justement ! C'est à cause d'elle que je suis là ! Parce qu'il s'est servi de mon nom pour la louer. Je vous ai dit qu'il m'avait volé. Il est venu chez moi, un jour, et m'a piqué mes papiers d'identité et beaucoup d'autres choses. La voiture n'est que la partie émergée de l'iceberg. Le concessionnaire de Melbourne doit… devait la récupérer. J'ai déjà eu du mal à expliquer que je ne suis pas responsable de la dette. Mais maintenant qu'elle est fichue…

Elle était tentée de le croire, mais il valait mieux qu'elle reste sur ses gardes. Ce n'était pas parce qu'il était beau, avait du charme, des accents de sincérité… ni parce qu'il avait sauvé Flossie et Cordelia qu'il fallait qu'elle perde la raison.

— La police m'attendait à ma descente d'avion et m'a emmené au Carlsbrook Motel… pas franchement luxueux. Ils m'ont interrogé comme si j'étais un criminel. Je me dis que j'ai eu de la chance de ne pas me retrouver sous les verrous. Le fait que je sois venu ici de mon plein gré les a calmés. Thomas avait imité ma signature sur des documents importants. C'était très bien fait. Quand je n'ai plus été considéré comme un suspect, ils m'ont laissé repartir mais par mes propres moyens. J'avais besoin d'un véhicule, alors j'ai pris cette voiture. Quel bolide ! J'avais besoin de m'amuser.

Se rendant compte de ce que ce propos avait de déplacé, et subitement gêné, il cessa de parler de lui.

— Je pense que vous n'avez pas dû beaucoup vous amuser dans la vie, ces derniers temps. Thomas vous a-t-il fait beaucoup de tort ?

— Vous ne connaissez pas les dossiers ?

— Pas dans le détail. La police a estimé que ça ne me regarde pas puisque je ne suis pas responsable. De toute façon, je n'aurais pas pu dédommager tous les ferm…

— Évidemment ! l'interrompit-elle d'un ton sec.

Qu'est-ce qu'il s'imaginait ? Qu'elle allait lui réclamer jusqu'au dernier centime de ce que son salaud d'oncle avait pris à sa grand-mère ?

— Dites-moi, qu'est-il arrivé exactement ?

— Qu'est-ce que ça peut vous faire ? grommela-t-elle en donnant un coup de pied rageur dans le gravier.

Bryn posa sa scie, fit le tour de l'arbre tombé à terre et vint se planter devant elle.

— Charlie…

Il posa les mains sur ses épaules.

— Ah non !

— S'il vous plaît, dites-moi. Je veux savoir.

— Comme la police vous l'a dit, ça ne vous regarde pas.

— Si, justement. J'en fais une affaire personnelle.

— Eh bien, il lui a tout pris. Il est venu ici parce que cette ferme lui paraissait grande, ce qui n'est plus vrai puisque Grandma a vendu la majeure partie des terres au décès de mon grand-père. Elle a tout bradé pour soigner les bêtes qu'elle recueillait. Elle n'avait qu'une vache et un veau efflanqué, mais cela n'a pas empêché Thomas de lui vendre sa came !

— Bon Dieu !

— Comme elle avait droit à un découvert important, qui datait du temps où la ferme était florissante, et que le directeur de sa banque n'avait jamais rien vérifié par négligence, elle a emprunté des sommes vertigineuses que je suis incapable de rembourser.

Elle se prit la tête dans les mains.

— Mais c'est comme ça, hélas ! Ce qui est fait est fait et je ne peux rien y changer

— Je suis désolé.

— Vous savez, ma grand-mère n'est pas la seule à avoir abusé des découverts accordés par les banques. C'est au siège social qu'ils ont commencé à s'inquiéter. Ils ont mis la pression sur le manager de l'agence de Carlsbrook, qui a coupé les crédits à Grandma. J'ai couvert une partie des avances mais pas tout. Juste assez pour qu'elle ne soit pas expulsée sur-le-champ, mais pas assez pour qu'elle puisse rester. Pauvre grand-mère ! Elle était paniquée, tellement abattue et stressée qu'elle a fini par faire une crise cardiaque.

Débordée par la colère et le chagrin, Charlie haussa les épaules pour qu'il la lâche et recula de quelques pas.

— Elle en est morte. Et je suis très triste. À cause de votre oncle et pour Grandma, ses chiens, et ses vaches. Pour moi-même, je ne vois rien non plus de très positif à venir.

— Il ne tient qu'à nous de voir le bon côté des choses.

Elle était au bord des larmes. Elle sentait son corps trembler. L'optimisme de Bryn était déconcertant. Comment osait-il lui dire une chose pareille ?

— Quoi… ?

— Nous venons de vivre, tous les deux, des semaines difficile, et pourtant…

Elle ne put s'empêcher de frémir au son de cette voix douce et virile à la fois.

— Si vous acceptez de ne pas me mettre tout de suite dehors, je pourrai peut-être faire un break. Mais inutile d'entrer se raconter nos malheurs autour d'une tasse de thé ! Sur ce plan-là, vous me battez, je vous l'accorde. J'ai des ennuis à cause de mon oncle. Vous, vous avez perdu votre grand-mère.

— Vous avez raté votre avion.

— Vous avez raison, mais je viens de me dire que ça n'a pas d'importance.

— Si, c'est important. Je vais appeler un taxi. Il y a sûrement un autre vol, ce soir. L'embêtant c'est que vous allez devoir acheter un nouveau billet. J'espère que tous les vols ne sont pas pleins…

— Pas de problème, je suis bien assuré. Et puis il y a des choses plus importantes dans la vie. Mes proches vont s'occuper de l'intendance.

— Vos proches ?

— Ceux qui m'entourent. Vous aussi vous avez des gens dans votre vie : votre mère, votre père, vos petits amis, vos copines, vos voisins…

— Vous avez vu un de mes voisins.

— Oui, qui s'est empressé de repartir en vous laissant seule avec moi, qu'il pensait être un voyou ! Mais… Vous n'êtes pas seule, Charlie ?

— J'ai des chiens.

Il l'observait avec attention.

— Des chiens, des vaches et des poulets qu'il faut que je case quelque part.

— Vous ne voulez pas les garder ?

— Dans mon petit studio de Melbourne ?

— Effectivement ! Bon, qu'est-ce que vous voulez au juste ? Des familles d'accueil pour vos chiens ?

— Oui.

— Ça va être difficile de trouver une solution aujourd'hui. Écoutez-moi, Charlie : Thomas vous a joué un sale tour. Je ne vais pas vous laisser avec une voiture de sport écrasée sous un arbre, et le devant de votre maison encombré de grosses branches et de bois mort. Si vous me permettez de rester encore un peu…

Il prit son menton et lui releva la tête.

— Nous sommes samedi. Nous avons tout le week-end devant nous. Prenons la vie du bon côté, Charlie. Qu'en pensez-vous ? Dites-moi.

Perplexe, elle bredouilla :

— Je… Euh… Que proposez-vous, au juste ?

Il regarda la montagne de bois mort, puis leva les yeux vers le ciel. Le soleil brillait depuis quatre bonnes heures maintenant et les branches commençaient à sécher.

— Un feu de bois, déclara-t-il, excité comme un gosse. Il faut juste prévenir les pompiers. Rien ne nous en empêche, n'est-ce pas ?

— Non. À cette époque de l'année, les gens brûlent la broussaille pour éviter les incendies en été.

— Parfait. Vous savez quoi ? Nous allons faire cuire des pommes de terre pour le déjeuner. Pour le dîner, plutôt, parce que le temps qu'on obtienne du charbon de bois…

— Parce que vous avez l'intention de… rester dîner ?

Prise de court, elle bafouillait. Sa voix tremblait. Il avait détourné les yeux du tas de bois et la fixait de son regard chaud, presque tendre…

— Pas étonnant que Grandma se soit laissé prendre, marmonna-t-elle, trop bas pour qu'il l'entende.

Heureusement, elle était plus avisée que sa grand-mère. Mais ce sourire…

— Acceptez que je reste, dit-il. Je veux vous aider, Charlie. Je veux finir de dégager devant chez vous. Je veux sortir cette voiture de là. Je veux m'assurer que Flossie va bien et que Cordelia s'est remise de son aventure de ce matin. En prime, je veux voir de quelle façon je peux vous aider pour le reste.

Il sourit de plus belle, et elle sentit le stress des semaines passées se dissiper comme par magie. Cet homme lui avait jeté un sort, c'était évident !

Tentée d'accepter, elle hésita un peu. Ce n'était pas sérieux, mais un feu de joie serait très amusant. Dans la morosité de sa vie actuelle, rire lui ferait du bien. Elle pouvait dire oui, cela ne portait pas à conséquence.

Et il la regardait toujours, attendant sa réponse.

— Je n'ai pas de pommes de terre, annonça-t-elle, acceptant sa proposition d'une façon détournée.

— Pas de problème. La petite auto bleue qui est là, elle est à vous ? Faisons ce que vous proposiez hier soir : cisaillons la clôture et allons faire des courses en ville pour le week-end. J'achète les pommes de terre.

Il offrait les pommes de terre ! Quelle générosité ! Elle éclata de rire.

— Votre argent n'est pas dans la voiture ?

— Non, dans ma poche.

— Vous êtes sûr que vous avez de quoi payer ?

— Oui, et je peux même acheter du vin. Vous aimez le vin ?

Son sourire s'élargit, illuminant son visage.

Non, elle n'allait pas se laisser prendre à la gentillesse de cet homme, à son sourire, à sa… sincérité. Elle n'avait aucune raison de lui faire confiance. Mais ce qu'il proposait lui plaisait. Un feu de joie, du vin… Et un homme pour le week-end…

Pourquoi pas ? Cela mettrait du soleil dans sa grisaille.

— Allez, c'est d'accord ! Allons cisailler cette clôture, dit-elle enfin.

— Bonne décision, Charlie. Excellente décision !

Sur ces mots, il prit son visage dans ses mains, l'approcha du sien et l'embrassa.

Un baiser léger, une dentelle, une aile de papillon sur ses lèvres. Rien de passionné, comme ce matin. Pas de promesse, pas l'ombre d'une ambiguïté. Juste un baiser tendre entre deux personnes qui voulaient faire la paix.

Toujours souriant, il recula.

— Avez-vous des vêtements à me prêter ? Je ne suis pas présentable. Je sais, je pourrais vous dire d'aller seule en ville, mais ça ne serait pas digne d'un gentleman.

La raison lui dictait d'y aller seule. Mais, justement, elle n'avait pas envie d'être raisonnable. Ce baiser… Ce baiser avait réveillé chez elle une émotion comme elle n'en avait pas éprouvé depuis longtemps. Peut-être même jamais. Et puis, elle n'avait rien à perdre, après tout !

Finalement, c'était formidable. Elle avait de la compagnie pour le week-end. Et quelle compagnie ! Elle n'allait pas partir et le laisser en plan, tout de même ! Aucune femme sensée ne ferait ça.

Impatiente – elle l'imaginait déjà poussant le Caddie,

rangeant les courses dans son coffre –, elle sentit qu'elle piquait un fard et chassa les images de couple idéal qui avaient envahi son esprit.

— Il doit y avoir des affaires de Grandpa là-haut, dit-elle. Grandma ne jetait jamais rien.

Il prit sa main.

— Parfait. Donnez-moi de quoi m'habiller proprement et allons nous distraire.

Qui aurait résisté ? Elle vivait comme une ermite depuis des semaines, or ce week-end s'annonçait tout rose. Une fois n'est pas coutume, le monde s'ouvrait à elle, et elle aurait été stupide de ne pas en profiter !

Qu'est-ce qu'il lui avait pris ?

Il avait promis de rester tout le week-end. Il l'avait de nouveau embrassée. Le choc, la trahison, la noirceur des semaines passées avaient anéanti sa volonté, mis à mal ses défenses. Il aurait tout à reconstruire.

Il jeta un coup d'œil à Charlie, son charmant visage, son sourire timide…

Pour les bonnes résolutions et la volonté, il attendrait lundi !

5.

Dès qu'il pénétra dans le supermarché de Carlsbrook, Bryn sentit le regard des caissières se tourner vers lui. Il n'était pas élégant, pourtant ! Un vieux pull mangé aux mites. Un pantalon qui datait de Mathusalem…

— Commençons par les fromages, proposa-t-il. Qu'est-ce qu'il y a de bon, par ici ?

Il se mit à remplir le Caddie.

— Pourquoi en achetez-vous autant ? C'est cher et nous en aurons beaucoup trop.

— Vous avez vu le travail que j'ai abattu ? Je vais avoir très faim, ce soir, et je n'ai aucune envie de me priver. Je veux goûter à toutes les spécialités du pays !

Et il continua. Saucisses, steaks, côtes d'agneau, bacon, beurre, céréales, tarte aux pommes, crème, bière, vin, et même champagne s'entassèrent dans le Caddie sous les yeux effarés de Charlie.

— Pourquoi pas du caviar, pendant que vous y êtes ? ironisa-t-elle.

— Bonne idée, je vais demander… Mesdames ?

Les caissières se mirent à rire sous cape en entendant sa question.

— Non, monsieur, nous n'avons pas de caviar.

Charlie l'attrapa par la manche.

— Ça suffit ! Vous comptez rester combien de temps ?

— Aussi longtemps qu'il le faudra.

— Et des scies ? Vous vendez des scies ? De bonnes scies, qui coupent bien.

— Bryn, arrêtez…

Il se tourna vers elle, la dévorant du regard, tandis que deux vieilles dames les observaient, sidérées.

— Vous êtes trop seule, dit-il tout haut, comme s'il voulait que tout le monde entende. Je ne peux pas réparer tous les dégâts de mon oncle, mais ce que je peux faire, je le fais. Je n'ai pas assez d'argent pour indemniser toutes les victimes mais, pour vous, je me ruinerai s'il le faut. Je veux vous laisser assez de bois pour vous chauffer tout le temps que vous resterez ici. Je veux déblayer devant votre maison. Je veux vous aider à trouver des familles d'accueil pour les animaux de votre grand-mère. Charlie, je veux vous voir sourire. Thomas vous a pris votre grand-mère et beaucoup de choses encore. On ne m'attend pas en Angleterre avant plusieurs jours. Laissez-moi faire ce que je veux.

Il leva les mains comme s'il se rendait compte que ses paroles avaient dépassé sa pensée et qu'il les regrettait.

— Charlie, reprit-il, à midi, ce sera pommes de terre et saumon, et en entrée, carottes râpées et chou vinaigrette. Et rien d'autre.

Les caissières lancèrent des coups d'œil entendus à Charlie,

— Pas mal ! Le laisse pas filer, celui-là, lui souffla l'une d'entre elles. Ta grand-mère serait contente de te voir aussi bien accompagnée, tu sais.

— Savez-vous qui c'est ? répliqua Charlie. Le neveu de Thomas Carlisle ! Vous savez, ce type qui se faisait appeler Lord Carlisle et qui nous a tous roulés dans la farine ! Je n'ai aucune confiance en lui, vous savez.

— Mon père est policier et il m'a parlé de ce neveu, intervint une autre caissière. C'est un complice. Il est venu spécialement d'Angleterre pour le démentir, mais personne ne le croit.

Charlie n'osait plus regarder Bryn qui faisait semblant de ne rien entendre.

— Avez-vous des aliments pour chiens ? demanda-t-il pour mettre fin à cette conversation pour le moins dérangeante.

— Venez, je vais vous montrer.

Une caissière quitta son poste et s'éloigna avec lui. Pendant ce temps, sa collègue se pencha vers Charlie.

— Nous sommes désolées pour toi, Charlie.

Elles pouvaient l'être, en effet. Charlie sentait qu'elle allait droit dans le mur !

Les trois heures suivantes défilèrent sans qu'elle les voie passer. Une fois rentré, Bryn fit la cuisine et retourna couper les branches.

— On va faire un tas qu'on fera brûler ce soir. Faut-il prévenir les pompiers ? Pouvez-vous vous en charger ?

Charlie alla téléphoner à la caserne et, Flossie dans les bras, revint aider Bryn.

— Au fait, j'ai examiné sa patte. Nous allons économiser la visite du vétérinaire, dit-il. Je pense même que nous pourrons lui donner un bain, ce soir.

Les autres chiens jappaient, excités comme des puces, et leur sautaient dans les jambes.

— Vous m'impressionnez, dit-elle soudain. Comment

faites-vous pour savoir autant de choses sur la ferme, les animaux ? J'admire vos connaissances.

C'était la pire des choses qui pouvait lui arriver en ce moment : admirer un homme. Elle n'avait besoin de personne dans la vie, et surtout pas de quelqu'un qui risquait de lui compliquer l'existence.

Pour l'heure, il n'avait rien compliqué. Au contraire. Il avait sauvé sa chienne. Fait des courses pour les nourrir, elle et ses chiens, pendant plus d'une semaine. Et il était en train de scier les branches pour dégager le passage et s'en aller. Le tout, gratuitement. Par amitié, et gratitude. De quoi se plaignait-elle donc ?

Elle s'approcha de lui, mais il ne releva pas les yeux. Torse nu, il continuait de scier. Ses gestes étaient rythmés, presque hypnotiques. Oui, hypnotiques…

Et la journée était magnifique. Elle avait du soleil plein les yeux, et les chiens étaient heureux. Même Flossie, qui remuait la queue pour manifester sa joie.

Son visiteur lui offrait l'occasion d'oublier, ponctuellement, le marasme des semaines passées. Avec lui, elle avait quelqu'un avec qui partager un moment de répit. Où était le problème ?

Il avait de la compagnie. Charlie.

Le travail était moins pénible, maintenant qu'il avait une scie digne de ce nom. Il aurait dû garder le rythme, mais il ne pouvait pas car il était distrait.

Charlie avait posé Flossie dans un panier, à l'ombre d'un arbre, et ramassait le bois pour l'entasser à l'endroit qu'ils avaient choisi pour le feu de joie de ce soir.

Elle était en jean, un vieux jean délavé, et avait chaussé des bottes en caoutchouc. Sa queue-de-cheval, d'un beau roux cuivré, se balançait sur ses épaules. Elle sifflotait. Elle semblait heureuse. Les chiens autour d'elle, aussi.

Il repensa à la veille. À la peur qu'elle avait ressentie en voyant débarquer cet étranger. Apparemment, sa vie n'avait pas été un long fleuve tranquille. Mais son infortune ne datait peut-être pas du désastre laissé par Thomas.

C'était étrange. Cette jeune femme était mystérieuse, et cette part d'ombre le fascinait.

Il connaissait beaucoup de femmes séduisantes, mais aucune ne l'avait jamais intrigué comme celle-ci. Ce n'était pas faute d'avoir vu défiler des prétendantes. Sa mère, qui désespérait de le voir fonder une famille, s'était employée à lui présenter de beaux partis. En vain. Depuis le drame qui avait bouleversé Ballystone Hall, il avait tenu toutes les femmes à distance. Trop souvent, aimer était synonyme de chagrin. Les beautés choisies pas sa mère pouvaient l'oublier. Il n'était pas intéressé.

Charlie, en revanche…

Ce n'était pas un sentiment de culpabilité qui le retenait ici. Il n'avait aucune responsabilité dans les escroqueries de son oncle, même s'il était indirectement impliqué.

« Cet homme est né mauvais, lui avait dit sa mère. Je ne sais pas pourquoi. Il est issu d'une famille respectable, mais ton père dit qu'il est né avec le goût de faire du mal aux autres. Il peut se vanter d'avoir fait pleurer tes grands-parents ! Fais ce qu'il faut pour honorer ton titre de baron et oublie-le. »

Mais, puisqu'il n'était coupable de rien, pourquoi s'attardait-il ? Il avait les moyens de payer un bûcheron pour faire le travail qu'il avait entrepris.

Voyant qu'il la regardait, elle s'arrêta, faisant valser

ses cheveux sur ses épaules, et lui sourit. Un sourire énigmatique. Puisque le passé de cette femme l'intriguait, il allait tenter d'en apprendre un peu plus sur elle.

À la tombée du jour, comme prévu, ils allumèrent le feu de joie. La soirée était tiède et calme. La montagne de feuilles mortes et de branches projetait des étincelles haut dans le ciel. Après avoir craqué son allumette, Bryn avait reculé jusqu'à Charlie qui avait déplié une couverture par terre en vue du pique-nique.

— On en a pour une heure avant d'avoir assez de braises pour cuire les pommes de terre, annonça-t-elle. Vous voulez une bière ?

— Oui avec des chips, du fromage et des crackers.

Bien qu'il ait réussi à prendre ses vêtements dans sa voiture durant l'après-midi, il portait le vieux pull du grand-père de Charlie. Un costume et un pull en cachemire n'auraient pas été la tenue idéale pour un soir comme celui-ci.

Après avoir servi du vin à la jeune femme, Bryn prit une bière pour lui et s'assit à côté d'elle, devant le feu. Il se sentait bien, comme s'il était chez lui, ici. Était-ce cela, le bonheur tout simple d'une vie à deux ?

Peut-être, mais son foyer se trouvait à l'autre bout du monde. Pas en Australie. Cette femme, qu'il connaissait depuis vingt-quatre heures à peine, était dans son élément, ici.

— Parlez-moi de vous, dit-il, curieux.

Elle tendit la main vers le paquet de crackers.

— J'ai faim, déclara-t-elle en guise de réponse.

Elle prit un cracker qu'elle tartina de fromage et l'avala tout rond.

Deux minutes de silence suivirent, puis elle lui sourit.

— Maintenant que j'ai un peu moins faim, je vais passer au stilton !

— Vous avez sûrement des choses plus intéressantes que votre amour du fromage à me raconter, répliqua-t-il en riant.

— Parlez-moi d'abord de vous.

Il s'assit, puis but une gorgée de bière.

Qu'allait-il lui raconter ? Était-ce vraiment judicieux de lui parler de lui, de son immense domaine, de son titre et des responsabilités qu'il lui conférait ? Ne valait-il pas mieux évoquer des sujets plus… personnels, ou parler de ses hobbies ?

Non, ce n'était pas indispensable. Il pouvait parler des terres, du bétail, de la maison. Mais faire allusion à son titre de noblesse n'était pas une bonne idée. D'autant que ce titre, qu'il ne portait que depuis deux mois, n'aurait jamais dû lui revenir. Baron Carlisle de Ballystone Hall… Lord Carlisle… C'était ridicule ! C'était le décès de son grand-père qui avait précipité les choses, faisant resurgir le drame qui s'était déroulé par le passé.

Charlie avait été spoliée par un noble. Comment lui dire que le baron, aujourd'hui, c'était lui ? Si elle s'était renseignée sur son oncle, elle aurait appris que Morgan était le nom de famille des barons de Carlisle. De toute évidence, elle n'avait pas cherché. Voulait-elle vraiment savoir ?

Elle savourait son fromage, et visiblement cela lui faisait du bien. Sa gourmandise faisait plaisir à voir. Les chiens somnolaient, allongés sur ses jambes. Le feu jetait sur ses boucles rousses des éclats flamboyants. C'était un moment hors du temps, une détente bienvenue.

— D'accord. En résumé, je suis fermier. Ma famille élève des bovins depuis plusieurs générations. J'ai ça dans le sang. J'ai trente-cinq ans, je suis célibataire, au grand désespoir de ma mère, mais j'aime vivre comme ça.

— Vous préférez votre propre compagnie ? demanda-t-elle, moqueuse.

Il se tut un instant. Il parlait rarement de la tragédie qui avait changé son regard sur la vie mais, avec elle, il avait envie d'évoquer ces instants terribles, les plus traumatisants de toute son existence.

— J'ai vécu un terrible accident à dix-neuf ans, commença-t-il, presque tout bas.

Il détestait parler de cette blessure qui ne guérirait jamais.

— Et depuis, je pense qu'il vaut mieux vivre seul.

— Vous voulez me raconter ?

Il hésita.

— J'étais à la fac. Ma sœur aussi, mais elle passait le week-end à la maison. Comme c'est le cas dans beaucoup de familles rurales, mon grand-père, mon oncle – le frère aîné de mon père, pas celui qui vous a volée –, mon père et mon cousin Alan partageaient la ferme, les terres, le travail. Notre ferme est importante. Suffisamment pour faire vivre deux familles, plus mon grand-père. C'était l'été. L'année avait connu une sécheresse terrible et nos réserves d'eau étaient épuisées. L'énorme cuve d'eau domestique, qui est enterrée, était vide. Les services météo avaient annoncé un orage très violent accompagné de fortes chutes de pluie. Mon oncle et mon père ont décidé de se dépêcher de nettoyer la cuve avec une pompe à essence.

— Mon Dieu !

Elle avait compris.

Depuis sa naissance, Bryn était curieux du fonctionnement des choses. Le reste de sa famille ne s'y intéressait pas. C'était devenu un sujet de plaisanterie. Quand il avait dix ans, on se moquait de lui : « Le tracteur est en panne. Allons chercher Bryn ! »

Mais, ce week-end-là, il faisait la fête ailleurs avec des camarades de fac, quand le drame s'était produit. C'était un dimanche matin, et il ne s'était trouvé personne pour leur dire que leur plan était idiot.

Plus qu'idiot, même.

Tragique.

— Les émanations les ont tués, dit-il en essayant de ne pas montrer sa peine. Ils sont morts à cause des dégagements toxiques.

— Mon Dieu, Bryn…

— Et ce n'est pas tout.

Il ferma les yeux pour tenter de chasser les images qui assaillaient son esprit. Le cauchemar…

— À midi, comme ils ne revenaient pas – ma mère, mon grand-père, mon cousin et ma sœur les attendaient –, Alan et Louisa, mon cousin et ma sœur, sont partis voir. D'en haut ils ont aperçu mon père et, un peu plus loin, mon oncle. Ils ont dû penser que mon oncle appelait à l'aide. Alors ils ont descendu l'échelle, mais les émanations étaient si fortes que…

Il hocha la tête.

— La seule chose que j'espère, c'est que c'est allé très vite.

Il s'arrêta. Pourrait-il un jour dépasser son chagrin, son remords de ne pas avoir été là, pourrait-il combler le vide qu'avaient laissé ces êtres qu'il aimait tant ?

— Je pense qu'on ne surmonte jamais un drame pareil, dit-il.

Et il se tut.

— C'est terrible, Bryn. C'est vraiment affreux.

— Oui… Oui. Mon oncle Thomas et ma tante ont divorcé très vite ensuite. Il ne reste donc que maman et moi. On ne pleure pas à longueur d'année, mais le chagrin est là. Il nous ronge.

— Elle vit avec vous ?

— Non.

Il sourit puis, pensant à l'excentricité de sa mère, se mit à rire. Après des années de déprime, elle avait fini par trouver des moyens pour se distraire de ce sinistre passé.

— Maman est une femme adorable, mais en ce moment je la fuis comme la peste ! reprit-il. Elle s'est mis en tête de jouer les entremetteuses, et c'est peu dire. Quand elle me coince au petit déjeuner avec une liste d'épouses potentielles, je pourrais l'étrangler ! Elle adore le rose. Elle habite dans le cottage, près de la grande maison. Et moi, j'occupe la grande demeure. Du coup, nous nous entendons bien. Elle ne me casse plus les oreilles avec les jolies femmes qu'elle veut me présenter. À midi, je prends mon café avec elle, je l'écoute poliment. C'est rapide, donc très supportable. Puis je file retrouver mes vaches…

Il se tut. Charlie, qui avait écouté en silence, réfléchissait.

— Et votre oncle dans tout ça ? L'escroc ?

— Celui qui est mort dans la cuve était le frère aîné de mon père. Thomas, le responsable des arnaques, était plus jeune. Enfant, il se conduisait déjà mal. Il était ingérable. Jeune homme, il a commencé à filer du mauvais coton jusqu'à devenir une petite frappe, puis un vrai voyou en col blanc. On le voyait de temps à autre, quand il avait besoin d'argent. Il a détruit mes grands-parents. Sa dernière arnaque…

Il hocha la tête.

— C'est impardonnable. J'ai honte.

— Mais ce n'est pas votre faute ! dit-elle lui prenant la main.

Touché par cette marque d'empathie, il sentit une vague de bonheur le submerger. C'était excessif. Pourquoi se sentait-il si bien, tout à coup ?

Effrayé, il dégagea sa main. Il n'avait pas besoin d'être réconforté.

— Bien. Assez parlé de moi ! déclara-t-il abruptement. À votre tour, maintenant. Parlez-moi de votre jeunesse, de vos années d'étudiante…

— Je n'ai pas grand-chose à raconter.

Elle se dérobait. Elle ne devait pas avoir souvent l'occasion de parler d'elle.

— Vous m'avez dit que vous étiez architecte d'intérieur. Ce métier vous plaît-il ?

— À me voir, on ne dirait pas, c'est ça ?

Elle abaissa les yeux sur son accoutrement. Il était négligé et couvert de poils de chien.

— C'est pourtant vrai. Au départ, j'ai fait des études d'ingénieur commercial pour plaire à mes parents qui sont tous les deux anthropologues. C'est comme cela qu'ils se sont connus. Mon père vit aux États-Unis. Il en est à sa troisième épouse et a sept enfants… Autant que je sache, car il ne donne jamais de nouvelles. Maman est au Brésil, actuellement. Elle ressasse ce qu'elle considère comme une trahison de la part de mon père. Elle m'envoie une carte à chaque Noël.

— C'est un peu rude, non ?

— Pas tant que cela. La famille de mon père avait beaucoup d'argent, mais la part de mon père a dû fondre avec toutes les pensions qu'il doit verser… Quand j'étais petite et que l'argent coulait à flots, on m'envoyait dans les meilleurs pensionnats. Je passais les vacances ici, chez mes grands-parents. J'adorais dessiner, alors ma grand-mère a réfléchi à la carrière artistique qui me permettrait de gagner ma vie. Elle était très avisée… pour l'époque.

— Parce que…

— La mort de mon grand-père l'a déstabilisée. Cette propriété n'a jamais rapporté grand-chose et puis, elle était seule et s'ennuyait. Alors, elle a vendu la plupart des terres et s'est consacrée aux animaux. Elle avait un pactole à la banque qu'elle a dépensé pour construire un refuge. Elle prenait tout l'argent qu'elle voulait et ne s'en privait pas. La banque fournissait… Le directeur, persuadé que son compte était largement approvisionné, n'a jamais vérifié son solde. Elle a fini par se retrouver à découvert et par devoir des sommes folles.

Elle continuait de se dérober en parlant de sa grand-mère au lieu de parler d'elle, comme il le lui avait demandé. Cachait-elle un secret ?

— Charlie, vous n'avez pas eu de problèmes avant que votre grand-mère connaisse des ennuis financiers ?

— Je me suis fait beaucoup de souci pour elle. Elle vieillissait, et sa santé se dégradait peu à peu…

Tendant la main, il caressa sa joue. Aussitôt, elle se tut.

— Je parle de vous, Charlie. Vous avez eu un problème ? Vous avez manqué d'argent ?

Il lui remplit son verre et scruta son visage. Le feu de joie soulignait ses traits fins.

Comme le silence s'éternisait, il décida de ne pas insister. Après tout, était-ce si important qu'elle se raconte ? Pour se livrer, il fallait qu'elle ait confiance, or c'était sans doute un peu trop tôt pour cela…

Il ne lui restait que son imagination pour deviner ce qu'avait pu être sa vie. Elle avait sans doute eu une enfance solitaire.

Immanquablement, il pensa à la sienne. Sa mère et son père avaient toujours été présents et les avaient aimés, Louisa et lui. Ils s'étaient occupés des terres. Les enfants des métayers étaient ses amis… Ils l'étaient toujours. Son grand-père, son oncle, son cousin avaient toujours été là pour lui. La maison était son havre.

Il regarda autour de lui ces terres que Charlie devait considérer comme son paradis. Elles appartenaient maintenant à la banque. Sa grand-mère était morte. Elle devait se sentir bien seule. Sans attache.

Ce serait son impression s'il perdait Ballystone Hall. Que la ferme de Charlie ne fasse que dix hectares, et la sienne des milliers ne changeait rien à l'affaire.

— J'ai été mariée, finit-elle par dire.

Elle se tut de nouveau, les yeux dans le vague.

— Si vous ne voulez pas en parler…

Possum, le fox-terrier blanc et noir, s'étant approché, Bryn gratta son unique oreille. La pauvre bête s'était fait dévorer l'autre oreille par un opossum qu'il pourchassait, obsédé qu'il était par cet animal. Au moindre bruissement, il bondissait sur son adversaire, qui était évidemment plus fort et beaucoup plus vicieux.

— Il était comme votre oncle, reprit-elle, très bas.

— Comme Thomas ?

Tais-toi ! Laisse-la parler.

— Comment pouvais-je le savoir ?

Elle fixait le feu, évitant soigneusement le regard de Bryn.

— On s'est rencontrés quand j'ai commencé « archi », dit-elle avec calme. Il était plus âgé que moi, très beau et reconnu dans la profession. Il était charmant, attentionné, amoureux même, et appréciait beaucoup mon travail. C'était tellement flatteur que j'ai tout de suite accepté de l'épouser sans me rendre compte – j'étais trop stupide pour le voir – qu'il recrutait en réalité une assistante. C'était ce qu'il voulait, il l'a eue. Il m'a mis le pied à l'étrier et m'a littéralement exploitée.

— Quelle honte ! Pauvre Charlie !

— Il faut dire que j'étais vraiment stupide, murmura-t-elle. Jeune, naïve et stupide. À l'époque où je finissais mes études, il montait un studio de design intérieur très *bling-bling,* pour les stars et les VIP. Ce que je n'ai pas vu, c'est que je n'étais pour lui que de la main-d'œuvre bon marché. Je pense qu'il m'a aimée, au début, mais son but était de ne pas me payer. On ne paye pas sa femme, n'est-ce pas ? Il aimait se mettre en avant, faire le paon devant les clients. Mais le travail ingrat, trouver des échantillons de tissu qui aillent avec les peintures, téléphoner aux fournisseurs qui ne décrochaient pas, jongler avec les factures…

Ça, ce n'était pas pour lui. Un jour, il a décidé de développer son affaire et, une fois de plus, j'ai été trop bête et je n'ai rien dit. J'étais jeune, c'est vrai. Si vous aviez vu nos locaux ! C'était hyper luxueux. Bien sûr, tout ce faste était payé par des emprunts. J'étais tellement occupée à satisfaire les clients que je n'ai rien vu venir. L'affaire a commencé à battre de l'aile. Peu à peu, il est devenu désagréable et *pfft*… Il s'est volatilisé avec une riche cliente, propriétaire de maisons, ici, à New York, à Hawaï. Il m'a laissée criblée de dettes.

— Comme mon oncle, laissa tomber Bryn tout bas. Il n'avait aucun sens moral…

— Il ne faut jamais faire confiance aux gens qui conduisent des voitures italiennes, chuchota-t-elle. Et qui ont de belles montres. Des titres et des manoirs. Et qui font des promesses et disent des mensonges… Je venais de me sortir du bourbier qu'il m'avait laissé quand Grandma m'en a légué un autre. Et maintenant… Il n'y a pas que l'argent. Ces types… Non, je préfère ne pas y penser.

Elle soupira et posa sur les chiens un regard triste. Ils étaient à la fois son souci principal et son réconfort.

— Bon ! La morosité, ça suffit ! lança-t-il alors. Occupons-nous des pommes de terre et des saucisses ! Je vais allumer le barbecue.

Ils firent griller leur dîner, et la soirée passa tranquillement. Ils ne revinrent pas sur les mensonges, les tromperies, les dettes. Aucune référence au passé. Allongés sur un plaid, ils contemplèrent le ciel. Bryn trouvait que les étoiles, ici, brillaient encore plus fort que chez lui. Mais peut-être n'étaient-ce pas les étoiles qui l'éblouissaient ?

Charlie connaissait les étoiles, Orion, l'étoile du Sud, la Grande Ourse… Elle les montrait du doigt, et Bryn écoutait, admiratif. Il suivait sa main des yeux. Ses gestes étaient aussi gracieux que sa voix.

La nuit était tranquille et tiède. Une fois le feu éteint, il ne resta qu'un tas de cendres chaudes d'où jaillissaient, de temps à autre, de grandes étincelles.

Ce soir, tout lui semblait merveilleux. Sans doute était-ce normal après des semaines peuplées d'avocats, de police, d'enquêteurs et de questions sur son nom, usurpé pour berner de pauvres gens trop naïfs. Des gens comme Charlie.

Brusquement, sans pouvoir s'en empêcher, il posa sa main sur la sienne. Elle cessa de caresser Flossie mais ne chercha pas à dégager sa main.

À quoi pensait-il ? Vers quoi allaient ses pensées ?

Il le savait. Il l'avait su à l'instant même où il avait mis le pied dans cette ferme et l'avait vue, elle, effrayée, méfiante, courageuse. Combien de femmes auraient ouvert leur porte à un inconnu, cette nuit-là ? Et quelle joie quand elle avait vu Flossie, cette chienne que seul quelqu'un comme elle pouvait aimer !

Quelqu'un comme Charlie…

Combien d'argent devait-elle ? Quels problèmes avait-elle, en plus de ses problèmes financiers ?

Elle avait un bon métier. Elle pouvait partir, laisser les animaux dans un refuge, éponger ses dettes en se mettant en faillite, prendre un travail salarié.

Mais c'était impensable, comprit-il alors.

Il pouvait l'aider. En même temps que cette pensée lui traversait l'esprit, il s'entendit dire :

— Charlie, j'aimerais que vous veniez avec moi, chez moi.

6.

La nuit était douce. Aucun d'eux ne parlait. Charlie avait toujours la main dans la sienne, mais ses doigts s'étaient raidis.

Elle attendait quelque chose, se dit-il.

Cette femme avait été trahie. Par ses parents, toujours absents, par son mari. Et, comble d'horreur… par Thomas. Elle ne pouvait plus faire confiance à personne. Ce qu'il lui proposait était fou, et jamais elle ne pourrait accepter de commettre une telle folie.

C'était fou pour lui, aussi. Puisqu'il ne voulait plus de relations avec les femmes, que signifiait ce soudain revirement ?

— Pardon ? Qu'est-ce que vous dites ? murmura-t-elle, pas certaine d'avoir bien entendu.

Elle dégagea sa main d'un geste si nerveux qu'il n'insista pas.

Ce qu'il avait dit lui avait échappé. Ce n'était qu'une idée. Mais elle attendait une réponse.

Il réfléchit à ce qu'il pouvait lui dire – à ce qu'il *devait* lui dire : qui il était, quelle était l'étendue de sa fortune, le pouvoir dont il disposait dans son pays. Mais avec quels mots ? « Titres, manoirs, promesses et mensonges », elle avait employé ces mots-là avec mépris. Il fallait lui présenter sa situation sobrement, sans fioritures.

Alors qu'elle fixait le ciel, un souvenir s'imposa à lui. Un jour, il avait secouru un faon séparé de sa mère, coincé dans des barbelés. Le petit animal apeuré l'avait regardé approcher, sans bouger, mais les sens en éveil, prêt à réagir à tout instant. Il l'avait dégagé et rendu à la nature. Au monde auquel il appartenait. C'était ce qu'il devait faire avec Charlie, mais il ne voulait pas qu'elle fuie pour ne jamais revenir, comme le petit animal qu'il avait sauvé. Il fallait qu'il fasse profil bas. Que sa présentation soit modeste, surtout pas menaçante.

— Charlie, je vous ai dit que j'étais fermier, n'est-ce pas.

Elle acquiesça d'un petit signe de tête, puis leva les yeux vers lui.

— Ma ferme est dans la famille depuis des générations. Les terres qui l'entourent, aussi. Ce sont de bonnes terres, de très bonnes terres, même. Je suis ce qu'on appelle un homme aisé.

— Aisé ?

— Riche, si vous préférez.

— Vous avez dû payer pour venir ici. En plus, avec les avocats et les…

Il l'interrompit.

— Croyez-le ou pas, ça n'a pas vraiment entamé ma fortune.

Elle contemplait toujours les étoiles, mais elle ne souriait pas. À la pensée qu'elle ne le croyait pas, il soupira.

— Je peux éponger vos dettes, dit-il.

Son visage se ferma.

— Mes conseils me disent que si je commence à dédommager une des victimes de mon oncle, je créerai un précédent. Ce qui veut dire que j'aurai à rembourser tout le monde, or personne n'est assez fortuné pour couvrir les escroqueries de Thomas. En revanche, ce que je peux faire…

Il reprit sa main.

— Ce que je suis libre de faire, c'est d'être votre ami. Je peux vous offrir des vacances dans ma ferme, là-bas, en Angleterre. Vous pourriez venir… deux semaines par exemple, ou le temps que vous voudrez. Je ne connais pas vos rendez-vous professionnels. Je vous propose aussi d'emporter votre ménagerie.

— Ma ménagerie !

Il avait choisi ce mot pour essayer de la faire rire.

— Il n'y a que les poules, dit-il. Pensez-vous pouvoir partir et les laisser ?

— Oui, Grandma a une amie qui adore les volailles. Elle a adopté une ribambelle de volatiles qui vivaient en batterie. Mais c'est complètement fou. Rendez-vous compte, sept chiens et deux vaches !

— Ma ferme est grande, ça ne posera aucun problème.

— Mais ça va coûter une fortune !

— Ne parlons pas d'argent, dit-il fermement. Je vous ai dit que je pouvais me le permettre, et vous devez me croire.

Le croire ? Comment pouvait-il espérer qu'elle le croie ?

Elle se tourna vers lui, le regarda puis fixa de nouveau les étoiles.

— Vous êtes… fou.

— Non, c'est amusant.

Il lui toucha le bout du nez dans l'espoir de la dérider.

— J'ai un plan en deux étapes. Un, Charlie Foster prend des vacances… elle en a bien besoin. Deux, Charlie Foster trouve des familles d'accueil visitées et contrôlées par ses soins, pour ses sept chiens.

— Je le répète, vous êtes fou.

— C'est possible, admit-il imaginant la tête de sa mère réceptionnant des cages à Ballystone. Sept cages, avec sept chiens.

— Charlie, vous ne connaissez pas ma mère, et je souhaite que vous la rencontriez. Elle est encore plus folle des animaux que moi. On dit que les Britanniques sont toqués avec les chiens. Et elle la première ! Je suis sûre qu'elle se mettra en quatre pour les faire adopter. Elle passera des annonces dans le journal régional avec leurs photos et un commentaire sur leur histoire. Elle fera pleurer dans les chaumières. Elle est très douée pour ça. Qu'en dites-vous ?

— Que vous n'êtes pas fou. Vous êtes complètement cinglé !

— Pas du tout !

— Si. De toute façon, ce n'est pas envisageable.

Il lui caressa la joue.

— Allez, vous avez assez contemplé les étoiles. Venez !

Il lui prit fermement la main, l'obligeant à lâcher Flossie qui roula entre eux.

— Ça marchera. Ma mère adorera s'occuper de ça. Et moi aussi. Je vous promets qu'on leur trouvera de bonnes maisons, Charlie. Je vous l'assure, même.

Il hésita.

— Et si nous n'en trouvons pas, ma ferme est assez grande pour accueillir tout ce beau monde.

— Sept… Mais c'est beaucoup trop !

— Vous savez, un chien ou sept ! C'est tellement vaste, chez nous ! Et puis, qui sait ? Ils deviendront peut-être de bons chiens de garde pour le bétail.

— Vous rêvez !

— Peut-être, mais ce serait amusant de les voir essayer.

— Vous êtes fou. Votre idée est folle. C'est non, ça coûterait trop cher.

— Je vous dis que je peux me le permettre, et que cela me fait plaisir de vous le proposer. Croyez-moi, pour une fois.

Elle détourna le regard, presque gênée, cette fois.

— Et si cela doit vous rassurer, Charlie, vous aurez votre billet de retour avant même de partir. Pas de piège. Je vous offre un break après tout ce que vous venez d'endurer, des vacances dans une ferme qui est aussi belle que celle-ci mais différente à plus d'un titre. À propos, êtes-vous déjà allée en Angleterre ?

— Euh… Non.

— Eh bien voilà, c'est l'occasion ! J'ai beaucoup de chambres chez moi mais, si vous préférez, vous pourrez habiter chez ma mère, elle habite à deux pas de chez moi. Elle sera ravie de vous accueillir. Quant à vos chiens, si par malheur nous ne trouvons personne pour les adopter, je les garderai, ainsi que Flossie.

— Mais… Pourquoi faites-vous ça ? Vous n'êtes pas responsable des arnaques de votre oncle, et ce n'est pas à vous de tenter de les réparer.

— Je sais. Non, je fais cela parce que ça me fait plaisir. Il est vrai aussi que je me sens mal quand je pense à la manière dont Thomas vous a traitée et à tout ce que vous avez vécu auparavant. Et puis, pour tout avouer, ça m'amuse.

Il prit son menton et tourna son visage vers lui.

— Charlie, si vous ne réagissez pas, on vous aura volé bien plus que de l'argent et votre fierté. Ce voleur aura gagné !

Il hésita puis montra le tas de bois qu'il restait encore.

— Quand la foudre est tombée sur cet arbre, j'ai failli me faire écraser… dans une luxueuse voiture italienne ! Après la semaine que je venais de passer, je me suis dit « Bon sang, Bryn ! Cette voiture est louée à ton nom ! Pourquoi ne pas t'offrir un petit plaisir ? Conduire ce petit bolide avant de le rendre à son propriétaire. » La mort de ma sœur m'a appris une chose, Charlie : il faut profiter de l'instant présent car demain n'est jamais sûr.

— Vous avez raison. Il n'empêche, votre projet est fou. Et vous avec !

Il rit.

— Si vous voulez ! Mais qu'avez-vous d'autre à proposer ? Vous recommencerez à travailler dès que vous quitterez cette ferme ?

— Euh, oui, enfin… non. Je dois d'abord trouver un nouvel appartement.

— En ce cas, deux semaines de plus ou de moins… Allez, ma chérie.

— Ne m'appelez pas comme ça.

— Pourquoi ?

— Parce que ça me fait ressentir des choses que je ne veux pas ressentir, répondit-elle en le regardant droit dans les yeux.

Ah ? C'était nouveau. Et intéressant.

— Vous voulez dire que cela vous donne envie d'être embrassée ?

Elle ferma les paupières et inspira profondément.

— Oui.

Il prit son visage dans ses mains et l'attira à lui, tout doucement, parce qu'il savait qu'il ne devait rien brusquer.

— Charlie, vous avez conscience que, si je vous embrasse, ça ne sera pas le même baiser qu'après le sauvetage de Cordelia.

Sa réponse était toute prête.

— Oui.

Il avait déjà embrassé des femmes, bien sûr, mais jamais aucune comme celle-ci.

Elle était plaquée contre lui, et il entendait leurs cœurs battre comme s'ils ne faisaient qu'un.

Cela n'avait pas de sens. Rien n'avait de sens, d'ailleurs, mais quelle importance ? Il était tout à leur baiser. Il n'y avait pas de lendemain. Il ne pensait plus, ne raisonnait plus, seulement conscient que son monde basculait.

Bryn Morgan, Lord Carlisle, Baron de Ballystone Hall, avait toujours considéré qu'il n'avait qu'une maison, qu'un havre : Ballystone.

Ce n'était plus vrai.

Chez lui, subitement, c'était ici.

À quoi jouait-elle donc ?

Elle n'avait pas confiance en lui, mais elle ne pouvait pas, ne voulait pas lui résister. Demain serait un autre jour. Demain, elle reprendrait ses esprits.

Pour l'heure, ses peurs, son désarroi, sa tristesse

s'étaient envolés et elle ne désirait rien que cet homme, que ses baisers, que son corps sur le sien…

Mais c'était risqué. Elle s'était déjà aventurée sur ce terrain-là et ne revivrait pas la même expérience.

Elle hocha la tête. Ce qu'elle éprouvait là n'avait rien à voir avec ce qu'elle avait connu. De toute manière, quel danger courait-elle à se donner à lui ? Elle était adulte, maintenant. Une nuit dans ses bras, une seule…

Il la repoussa, juste un peu, et lui sourit avec un tel regard qu'elle frissonna.

— Charlie, si ça ne doit pas aller plus loin, arrêtons tout de suite, car je veux plus que…

— Vous ne pouvez pas vouloir plus que ce que je peux vous donner…

Posant les mains sur son visage, elle l'attira à elle.

— Bryn, nous ne sommes pas obligés de…

— Je crois que si, dit-il d'une voix rauque.

Il souriait toujours, mais ses yeux étaient voilés par le désir.

— J'ai pu accéder à la voiture et prendre ma trousse de toilette. J'ai trente-cinq ans, Charlie, et je suis célibataire.

Il effleura ses lèvres.

— Êtes-vous sûre de…

— Oui Bryn, absolument sûre, murmura-t-elle en lui tendant ses lèvres.

Elle se réveilla au petit jour dans les bras de Bryn. Elle se sentait merveilleusement bien. Mieux que jamais, même.

Ce n'est qu'une illusion. Tu es une grande fille maintenant, tu sais comment marche le monde.

Le sien s'étant déjà effondré, elle ne risquait plus rien.

Elle pouvait se mentir, là, blottie contre cet homme, peau contre peau. Se sentir aimée, protégée, désirée.

Elle pouvait faire comme si…

Quand il s'étira, ouvrit les yeux et, encore ensommeillé, lui sourit, le désir voilait toujours son regard. Il l'attira doucement à lui.

— Alors ? Me fais-tu assez confiance pour venir chez moi ? Avec tes chiens et tes vaches ?

Elle réfléchit en silence.

Pouvait-elle vraiment passer quinze jours chez Bryn en Angleterre ? Pour tenter d'oublier ce que son oncle avait fait ?

Bryn n'avait rien à se faire pardonner, mais, s'il avait les moyens de l'inviter, pourquoi ne pas accepter ? Son projet était insensé, mais qu'avait-elle à perdre ?

Son cœur, peut-être. Mais avec un sourire pareil, pouvait-il mentir ? Lui tendre un piège ?

Ça n'est que pour deux semaines, se répéta-t-elle, cherchant à se convaincre que ça ne porterait pas à conséquence. Elle allait seulement prendre un peu de bon temps et, dans la foulée, donner aux animaux de Grandma la chance d'être recueillis par des gens fiables.

De plus, avait-elle le choix ? Elle allait être expulsée de son studio, devoir trouver un job, reprendre sa vie en main… Tout de suite ou dans deux semaines ? Cela ne changeait pas grand-chose, après tout. Par la même occasion, elle apprendrait à mieux connaître ce bel étranger qui l'intriguait au plus haut point.

Il attendait toujours sa réponse.

— Oui, susurra-t-elle en se lovant contre sa poitrine musclée. Oui, je crois que je vais accepter.

Il allait emmener Charlie chez lui ! Pour deux semaines. C'était beaucoup trop court à son goût. Il aurait aimé plus.

Mais chaque chose en son temps, se dit-il. Elle n'avait pas totalement confiance en lui, et il la comprenait très bien. Il lui avait menti, par omission, passant sous silence son titre de noblesse, persuadé qu'il lui déplairait.

Elle l'apprendrait là-bas et, si cela la contrariait, elle avancerait son vol de retour. Son billet était modifiable.

Il pensa à sa mère et à sa réaction lorsqu'il lui avait appris qu'il amenait Charlie pour deux semaines.

— Pour se reposer, maman. C'est tout. Elle a été flouée par Thomas, j'estime qu'on doit l'aider. Elle a des animaux qu'elle veut faire adopter.

— Mais tu l'aimes bien, n'est-ce pas ?

— Bien sûr.

Cela avait suffi à satisfaire sa mère qui devait déjà nourrir de grands espoirs…

Quelle adorable folle, cette Alice ! Elle rêvait ! Deux semaines n'allaient pas le faire changer d'avis sur le mariage, ni lui faire oublier les nombreux avantages du célibat… Sauf qu'il commençait à s'interroger.

Il prolongea finalement son séjour de quatre jours. Quatre jours de pur bonheur avec Charlie. Ils continuèrent de déblayer le jardin, de trier les affaires de Grandma, cuisinèrent, rirent de bon cœur et firent l'amour comme des fous.

Elle semblait malgré tout méfiante. Sentait-elle qu'il lui cachait quelque chose ?

Il ne pouvait pas lui dire. Pas encore. En arrivant à Ballystone, elle verrait par elle-même. Mais comment réagirait-elle ?

— Je ne supporte pas l'idée que tu partes, lui souffla-t-elle.

Lui non plus. Il se réveillait chaque matin, la désirant davantage. À en avoir mal.

— Demain, tu ne seras plus là. J'ai l'impression de faire un mauvais rêve et…

Elle soupira.

— Sans toi à mon réveil, la vie sera bien triste. Tu as été merveilleux et j'ai passé avec toi la plus belle semaine de ma vie. Mais le bonheur est éphémère, je le sais mieux que personne.

— Je le sais, moi aussi. Et pourtant… Un jour, ma mère et moi avons cru que notre vie était finie et, tu vois, je suis là, et je te tiens dans les bras. Et si un monde nouveau s'ouvrait enfin à moi ? Tu veux bien le découvrir avec moi, Charlie ?

— Ça ne durera que deux semaines, murmura-t-elle. Ce n'est qu'une parenthèse. J'ai l'impression de rêver. Je vais me réveiller, et…

— Tu vas te réveiller en Angleterre avec sept chiens, deux vaches et moi. Si c'est ça la réalité, elle n'est pas si terrible, n'est-ce pas ?

— Je n'arrive pas à y croire ! Bryn, serre-moi fort dans tes bras ! Je veux croire quelques instants encore que tout cela est bien vrai, que ça va arriver !

Aussi ému qu'elle, il la couvrit de baisers.

7.

Une fois Bryn reparti, s'ensuivirent trois longues semaines d'attente durant lesquelles ils communiquèrent par vidéo interposée. Harassée par le stress de son départ prochain et assaillie de doutes sur Bryn, Charlie avait du mal à se raisonner, mais elle tint bon et effectua tous les préparatifs nécessaires.

Arriva enfin le jour tant attendu. À Londres, Bryn se mit en route pour l'aéroport. Charlie arrivait seule. Les chiens suivraient dans trois jours. Trois jours, cela lui laisserait le temps de se familiariser avec les lieux.

Une fois sa voiture garée dans le parking de Heathrow, Bryn entra dans le terminal 2. Il était bondé.

Soudain, Charlie surgit, vêtue comme à son habitude d'un jean et d'un coupe-vent. Celui-ci était neuf. Elle traînait une vieille valise à roulettes et avait les cheveux en bataille et les yeux cernés. Elle semblait fourbue.

Pris de remords de ne pas être resté l'aider, il s'avança vers elle et lui fit signe. Aussitôt, un sourire magnifique, un sourire qu'il n'oublierait jamais, éclaira son visage. Soulagé, il l'étreignit et éprouva, pour la première fois de sa vie, le sentiment troublant de tenir dans ses bras le bonheur en personne.

Charlie avait eu le temps de tout déménager, la ferme

de sa grand-mère et son studio de Melbourne. Elle avait fait un tri drastique et stocké le reste – peu de chose – dans un garde-meubles. Elle était épuisée.

Terrorisée à la pensée de ce qu'elle faisait, elle avait failli ne pas embarquer à Melbourne. Mais, maintenant qu'elle avait atterri, il ne lui restait qu'à prendre ces deux semaines pour ce qu'elles étaient : un break, un temps de repos chez lui, dans sa ferme.

Mais ce n'était pas si simple. Quel piège se cachait derrière tant de générosité ? Elle avait compris qu'il la désirait et…

Pas de panique, se dit-elle. *C'est un fermier, comme Grandpa, un type qui gagne assez d'argent pour faire un geste généreux. Il conduisait une Ferrari, mais elle n'était pas à lui. C'est un homme simple.*

— Charlie…, murmura-t-il.

Et, sous les yeux ébahis des personnes présentes dans le hall, il happa sa bouche pour le plus ardent des baisers.

Émue et amusée, la foule applaudit, mais Charlie ne l'entendait pas. Rien ne comptait que Bryn qui la serrait contre lui. Elle était dans ses bras et la sensation était enivrante.

À peine sortis de l'aérogare, ils firent route vers la ferme.

— Tu ne feras pas attention, Charlie, mais ma mère ne pense qu'à me marier. Désolée, mais il va falloir que tu supportes ses allusions… Je les subis depuis mes vingt ans.

Charlie éclata de rire.

— Si ce n'est que ça, ça ne sera pas grave.

L'air amusé, elle inspecta le véhicule.

— Tu t'en sers pour transporter les bêtes ? Il sent aussi mauvais que celui de mon grand-père et il y a des poils partout.

— Oui, j'ai honte…

Ils ralentirent, Bryn quitta l'autoroute pour s'engager sur une voie secondaire. Un panneau sur le côté indiqua bientôt Ballystone Hall. Virage à droite et là, avant qu'elle ait pu dire un mot, il passa entre deux impressionnantes colonnes en pierre d'où partait une majestueuse allée privée.

Ballystone Hall…

Ces deux mots lui firent l'effet d'une gifle.

C'étaient les mots qui figuraient sur la brochure.

Elle se trouvait à l'endroit même où l'on élevait les fabuleux bovins Hereford. L'endroit que Thomas avait choisi pour monter son arnaque. En toile de fond, des prés à perte de vue et, au premier plan, des troupeaux broutant l'herbe verte des pâturages. Une image idéale pour séduire et tromper.

La maison se profilait au bout de l'allée, imposant bâtiment de pierre grise de trois étages entouré de pelouses impeccables. Plus loin s'étendaient les prés, puis des hectares de prairies qui allaient jusqu'au pied des montagnes. C'était magnifique. Impressionnant.

— Où… Que faisons-nous ici ? demanda-t-elle.

— Nous sommes chez moi.

Elle s'attendait à une ferme confortable mais sûrement pas à une propriété aussi somptueuse.

— Arrête-toi, s'il te plaît.

Il opina, comme s'il s'attendait à cette réaction. Et stoppa.

Des chênes centenaires bordaient l'allée – ou plutôt,

le boulevard – qui menait au bâtiment qu'elle apercevait au loin.

— Tu veux dire que c'est là que… tu habites ?

— Oui.

Puis, sans la laisser poser une autre question, il poursuivit.

— Je suis Bryn Morgan. Je sais, j'aurais dû te le dire plus tôt mais, pour être tout à fait honnête… je me suis dit que si je te l'expliquais, tu ne viendrais pas. Donc, je suis Bryn Morgan, Charlie, et, depuis le décès de mon grand-père, je suis Lord Carlisle de Ballystone Hall.

Sa tête se mit à tourner. C'était trop. Thomas, la fraude, Ballystone Hall…

— Thomas… Ton oncle, il se faisait appeler Lord Carlisle, lui aussi.

— Thomas s'appelle Thomas Morgan. C'est le troisième fils de mon grand-père. Mon père était le second de la lignée. Donc, quand son frère aîné et lui et mon cousin sont morts intoxiqués, je suis devenu l'héritier. Les Morgan portent le titre de Carlisle depuis des générations.

— J'ai vu sur Internet que Lord Carlisle avait plus de quatre-vingt-dix ans.

— Le site que tu as visité n'est pas à jour. Grand-père est mort il y a trois mois. Les malversations de Thomas ont précipité sa fin. Il était le onzième baron Carlisle. Je suis le douzième.

— Je suis effarée… Tout ça me fait peur.

Ce monde n'était que mensonges. Quand le comprendrait-elle ?

— J'ai menti… par omission seulement, Charlie.

J'avais peur, justement, de te faire peur et que tu restes en Australie. Je suis bel et bien fermier. Rien n'a changé.

— Tu plaisantes !

D'un geste, elle montra les arbres, la maison.

— Et si tu avais loué tout ça pour le week-end ? Comment veux-tu que je te croie ?

La tête se mit à lui tourner, soudain.

— Zut, les chiens ! gémit-elle. Ils seront ici dans trois jours. Il faut tout de suite arrêter leur transfert. Ils doivent déjà être en cage, dans la zone de transit.

— Pourquoi veux-tu les empêcher de venir ?

— Parce qu'il ne faut pas qu'ils viennent ici !

Ces dernières semaines, elle avait commencé à croire cet homme. Mais aujourd'hui… ? Qui était-il en réalité ? Un baron ? Lord Carlisle de Ballystone Hall ?

Elle faillit rire de sa naïveté.

Mais oui, bien sûr ! Il s'était affublé d'un titre inspiré de la littérature féminine. Les romances destinées à faire rêver dans les chaumières regorgeaient de comtes et de barons !

Elle n'était quand même pas naïve à ce point !

Elle inspira une grande bouffée d'air.

— Tu dis que tu es propriétaire de cet endroit, commença-t-elle d'une voix assurée.

— Oui.

La voix de Bryn, en revanche, n'était pas ferme.

— Et tu prétends que tu es Lord Carlisle.

— Je *suis* Lord Carlisle.

— Et tu es aussi Bryn Morgan.

— Oui.

— Thomas disait s'appeler Carlisle. Thomas Carlisle.

— Comme je te l'ai dit, Thomas s'appelle Thomas

Morgan. C'est mon oncle. Il se fait appeler Carlisle parce qu'il pense que ce titre en impose et le met à l'abri des poursuites.

Ce qu'il lui racontait semblait lui passer au-dessus de la tête. Elle avait l'air égaré, le regard fixé sur la demeure qui devait lui rappeler la brochure et les promesses d'argent, de beaucoup d'argent et d'encore beaucoup plus d'argent faites à de pauvres victimes comme sa grand-mère. Par un truand qui faisait bel et bien partie de sa famille.

— Conduis-moi à la gare la plus proche, ordonna-t-elle soudain. Non, laisse-moi là, je vais faire du stop.

— Là, comme ça, maintenant ?

— Oui, tout de suite.

Elle avait du mal à respirer. La crise d'angoisse la guettait, et elle avait l'impression que la terre allait s'ouvrir sous ses pieds et l'engloutir.

— Tu ne crois pas que tu exagères ? dit Bryn doucement dans l'espoir de la calmer.

Elle exagérait ? Comment ça ? Sa réaction était plutôt en deçà de ce qu'elle aurait dû être, au contraire !

— Cette propriété est le théâtre de l'escroquerie dont ma grand-mère a été victime. Elle y a laissé ses économies. Tu ne vas pas me reprocher de me sentir concernée, tout de même !

— C'est vrai, cette propriété a servi de décor à cette arnaque. Tout comme le titre de mon grand-père, qui a été usurpé afin d'inspirer confiance aux victimes.

Pour la première fois, elle nota un léger tremblement dans sa voix. La colère ?

— Charlie, si je t'avais dit que nous venions ici, serais-tu venue ?

Elle n'hésita pas.

— Non !

— C'est en partie pour cela que je ne t'en ai pas parlé. Parce que c'était important pour moi que tu viennes.

Il voulut prendre sa main, mais elle le repoussa.

— Ne me touche pas !

Coincée dans cette voiture qui sentait mauvais, elle était piégée. Contrainte de l'écouter.

— Charlie, j'avais besoin que tu viennes. Je me doutais que tu verrais ce domaine comme le symbole de l'arnaque dont a été victime ta grand-mère. Moi, je veux que tu le voies pour ce qu'il est vraiment. C'est simplement… chez moi. Un havre. Un refuge

— Tu plaisantes ! Un refuge ! Pourquoi pas le paradis, tant que tu y es ?

— C'est pourtant cela.

Et il lui sourit, de ce sourire inimitable, irrésistible. Elle se rappela alors sa gentillesse avec Flossie, blessée. La voyait-il comme une créature blessée, elle aussi ?

— J'occupe une aile de la maison, dit-il. Je m'y suis installé pour tenir compagnie à mon grand-père. Maman habite un peu plus loin.

— Tu as toujours vécu ici ?

— Oui.

Elle le foudroya du regard et, les bras croisés, le fixa.

— Parlons plutôt de l'arnaque.

— Mon oncle Thomas était un enfant difficile, et le mot est faible. Petit, déjà il détestait la ferme. Il a passé sa vie à jouer au poker, à tricher, à mentir, vivant bien au-dessus de ses moyens. Mon grand-père s'est toujours montré très généreux avec lui, mais il a tout dilapidé. On ne l'avait pas vu pendant des années quand, l'an dernier, il a refait surface. Il avait entendu dire que la santé de mon grand-père était défaillante et il voulait le voir. On ne pouvait pas l'en empêcher, mais nous ne l'avons pas reçu avec plaisir. En fait, il en voulait à l'argent de Grandpa. Il savait qu'il en aurait au moment de la succession, mais il le voulait tout de suite. Apparemment, il avait des ennuis avec des gens à qui il avait emprunté de grosses sommes… Raison pour laquelle il a filé en Australie, je pense. Grandpa n'avait plus les idées très claires à l'époque et il était trop malade pour répliquer. J'ai fini par prendre Thomas par le col pour le sortir de la chambre. Il a passé la nuit à me chercher, il était ivre – il avait avalé tout le whisky de Grandpa – et il s'est effondré…

« Le lendemain matin, comme il avait encore l'air de dormir, je suis allé m'occuper des bêtes. Quand je suis revenu, il s'était volatilisé. C'est quand la police a pris contact avec nous que nous avons réalisé ses méfaits : il avait fait la razzia dans le bureau. Il avait volé des produits que nous avions commandés en grande quantité quand le troupeau a commencé à acquérir une solide réputation. Tout en prenant garde d'emporter juste ce qu'il fallait pour ne pas éveiller nos soupçons.

— Peu importe. Tu m'as raconté des mensonges, Bryn !

— Je n'ai pas dit de mensonges. Pas un seul. Je suis fermier, Charlie. J'ai tout l'équipement du fermier, les salopettes, les bottes, les machines…

— Oui, mais tu es un lord.

— Et alors ? Tu crois que ça me plaît ? C'est mon oncle qui était supposé hériter le titre, et mon cousin après lui. Le suivant dans l'ordre de succession était mon père. Ils sont tous morts, il n'est plus resté que moi. À l'époque, il y avait encore mon grand-père, le seul vrai Lord Carlisle, et à mon avis le seul digne de porter ce titre. Il était bon et attentionné mais aussi complètement perdu depuis les décès survenus dans la famille. Sa mort était prévisible étant donné son âge, mais je ne m'en remets pas pour autant. Donc, oui, Charlie, je suis baron, mais il a fallu le décès de quatre membres de ma famille auxquels j'étais très attaché pour que ce titre m'échoie. Quelle satisfaction !

Il se tut, visiblement triste, puis elle le vit chercher ses mots.

— Là-dessus, il y a eu mon oncle Thomas, qui a sali notre nom. Et ce titre… Qui en voudrait ? Pas moi. Tu me demandes pourquoi je ne t'ai rien dit ? J'avais peur que tu ne viennes pas. Ou, pire, que tu viennes pour une mauvaise raison.

— Je ne te suis pas. Tu me dis que je ne serais pas venue si j'avais su et tu me dis aussi que tu avais peur que je vienne pour ton titre !

Tout se mélangeait dans sa tête. Elle ne savait plus où elle en était, mais une chose était sûre : elle était furieuse. Tout cela était surréaliste. Cet homme lui racontait des histoires !

Et s'il disait la vérité ? se demanda-t-elle. Comment pouvait-elle le savoir ?

Prise d'une sourde angoisse, elle plaqua la main sur son cou. Elle étouffait. Les trahisons du passé refluaient à la surface. Ses parents. Son beau parleur de mari et ses mensonges. Thomas… C'était trop.

— Bryn, je veux rentrer chez moi. Je suis désolée.

Elle se tourna vers lui et le regarda dans les yeux, sans ciller, fière du courage qu'elle se découvrait.

— Tu as été formidable. Tu as fait un maximum pour moi, cela suffit.

Elle reprit son souffle. Elle devait lui expliquer, il le méritait.

— Mon mari m'a quittée il y a deux ans. Notre mariage ne marchait pas, mais je lui faisais confiance, comme une idiote. Ma grand-mère était crédule, elle aussi. Quant à ma mère… elle faisait confiance à mon père, alors, quand elle a appris sa trahison, elle a quitté le pays et je l'ai à peine revue.

— Attends, Charlie, je ne suis pas comme eux, tu sais.

Il avait élevé la voix.

— Ne me compare pas à ces gens-là !

— Non, je ne te compare pas. Mais je ne te connais pas. Tout ça…

D'un geste du bras, elle montra les champs autour d'eux.

— Ça a été un choc. Et un choc salutaire car j'allais, une fois de plus, franchir le pas.

— Tu veux dire, *me croire* ?

— T'aimer, murmura-t-elle. Et ça, ça aurait été pire que tout.

Il y eut un silence. Un très long silence.

— Tu crois que tu m'aimes, Charlie ?

La voix était suave, maintenant. La voix d'un homme amoureux.

— Oui, enfin non, je ne sais pas, dit-elle franchement. Mais il y a les bêtes… Au moins, ici, elles seront bien traitées. Jusqu'à ce que… qu'on les abatte. Parce que, comment savoir ce qu'on va en faire ? Tu les supprimeras, c'est ça ?

Elle ferma les yeux. Elle disait n'importe quoi. Les mots dépassaient sa pensée. Elle ne se contrôlait plus.

Il jura tout bas et mit le contact.

— OK, Charlie. Je te ramène à l'aéroport.

Tout à coup, ils entendirent une grosse voiture blanche, qui se dirigeait droit vers eux. Trop vite. Elle dérapa dans le virage et pila devant eux. Elle étincelait dans le soleil matinal. La portière du conducteur s'ouvrit, et une femme surgit, petite, bien en chair, vêtue d'un pantalon bleu électrique et d'une veste rose fluo. Elle portait des talons deux fois trop hauts pour elle. Ses cheveux gris ramassés dans un chignon fait à la va-vite étaient striés de mèches du même bleu que son pantalon.

Qui peut bien être cette excentrique ? se demanda Charlie.

Un grand sourire aux lèvres, l'excentrique accourut vers eux.

— Au secours ! souffla Bryn. Tu croyais que tu étais piégée, tu vas savoir ce que c'est vraiment, car voici ma mère.

— Charlie !

Normalement, quand Bryn retrouvait sa mère après une absence un peu longue, il commençait par grincer des dents, puis il l'embrassait.

Ceux qui la croisaient pour la première fois la prenaient pour une originale.

Une originalité qui cachait beaucoup de choses, lui le savait.

La mort de son mari et de sa fille l'avait anéantie. Mais elle avait du ressort et avait trouvé en elle-même la force de continuer à vivre. Tant bien que mal. Elle affrontait chaque jour avec un sourire indéfectible mais sincère. Tout le monde lui reconnaissait une générosité peu commune et des élans chaleureux. Aussi, terrorisé à l'idée qu'elle rebute Charlie avec ses effusions et son flot de paroles, Bryn descendit le premier de voiture.

— Elle est là ? s'empressa-t-elle de demander à Bryn en l'étreignant.

Curieuse et surtout impatiente, elle se pencha à la vitre de la voiture.

— Charlotte !

Sans attendre, elle fit le tour du capot.

Que lui avait-il raconté pour qu'elle soit aussi excitée ?

Charlie descendit à son tour et se laissa embrasser.

— Ma chère… Il ne m'a pas laissée vous appeler. Je voulais le faire pour vous dire que je vous attendais, que vous étiez la bienvenue, mais il me l'a interdit. Il craignait que je vous mette la pression ou je ne sais quoi encore. Alors, comme ça, vous êtes là pour quinze jours ? C'est formidable ! Vous a-t-il dit pour les chiens ? Non ? Oh ! il est insupportable ! Je lui avais demandé de vous transmettre qu'ils sont les bienvenus. Comme vous. Mais vous le saviez déjà, non ?

— Euh… Oui… Enfin…

Elle lâcha Charlie pour la regarder.

— Ma pauvre enfant ! Vous avez l'air épuisé. Ces avions ! J'en ai pris un une fois, grrrrr…

Bryn ne put s'empêcher de se moquer.

— Maman, tu ne crois pas que tu exagères ? Tu as fait Londres-Édimbourg une fois pour les quatre-vingts ans de tante Edith. Une heure de vol.

— Peut-être, mon garçon. Il n'empêche, ce vol m'a démolie. J'ai souffert du décalage horaire pendant des semaines. Vous, ma petite, ce qu'il vous faut c'est un bon bain, du thé et une bonne nuit de sommeil ! Justement, je viens d'accrocher des rideaux neufs dans votre chambre.

— Maman, Charlie ne reste pas.

Une chape de plomb tomba sur le trio.

Incrédule, Alice recula pour scruter le visage de Charlie. Fine mouche, elle semblait avoir deviné beaucoup de choses.

— Ma chère, que se passe-t-il ?

L'air accusateur, elle se tourna vers Bryn.

— Charlotte a peur. C'est ça ? Pourquoi ? Que lui as-tu dit ?

— Justement, rien. Enfin... Pas assez. Elle ne s'attendait pas à cette grande propriété.

— Ni à ce titre de baron, intervint Charlie. Je pensais que Bryn était fermier.

— Exactement comme moi, l'interrompit Alice. Ton père m'a fait le même coup, Bryn. « Viens prendre le thé à la maison. » Je croyais arriver dans une ferme, et c'est un majordome qui m'a ouvert. Grâce au ciel, il n'y a plus de majordome, aujourd'hui !

Elle se tourna vers Charlie.

— Tout cela n'est pas grave, ma chère. Ce qui compte, c'est que mon fils a un cœur gros comme ça ! Il a toujours été un bon fils. Quand il m'a téléphoné et m'a dit que nous allions adopter sept chiens...

— Pas du tout ! protesta Charlie. Pas vous. Il m'a dit qu'on allait leur chercher des familles d'accueil.

— Ah ! il ne vous l'a pas dit ? Nous avons décidé de ne pas les confier à quelqu'un d'autre. Mais ce n'est pas gênant, car nous avons toute la place du monde, ici. Dites-moi plutôt, ma chère, pourquoi Bryn dit-il que vous ne voulez pas rester ?

— Parce que c'est vrai. Je n'ai pas confiance en lui. Trop d'approximations, d'incertitudes, pour ne pas dire de mensonges.

— J'avais peur qu'elle ne vienne pas si je lui disais tout, avoua Bryn.

— Pourquoi ? C'était si important qu'elle vienne ?

Un silence s'installa. Bryn regarda Charlie, qui semblait interdite. Il brûlait d'envie de la prendre dans ses bras et de lui dire qu'il…

Mais ce n'était ni le lieu ni le moment.

— Oui, c'était important, dit-il calmement. C'est la chose la plus importante que j'aie jamais désirée de toute ma vie. Que tu viennes ici, chez moi, Charlie.

Charlie était abasourdie.

Si elle faisait un pas de plus vers lui, elle savait qu'elle allait se retrouver dans ses bras, serrée contre lui, rassurée…

Pouvait-elle prendre ce risque ? Son cœur lui disait que oui, mais il l'avait déjà trompée. La confiance était une chose fragile qu'il fallait accorder avec parcimonie.

Il lui avait menti pour la faire venir ici. Ce n'était pas vraiment un mensonge, plutôt une omission. Il avait laissé de côté tout ce qui l'aurait poussée à refuser. C'était fatigant. Elle n'en pouvait plus !

— Fiche-lui la paix, Bryn, dit Alice en s'interposant. Tu vois bien que cette petite est épuisée !

Bryn se tut.

— Charlie, oubliez tout ça, reprit-elle. Oubliez ce que Thomas vous a fait et ce que mon fils vous a dit –

ou pas dit –, ce qu'il a fait ou n'a pas fait. Nous avons une chose à régler. Bryn m'a prévenue que sept chiens arrivaient dans trois jours et deux vaches quelque temps plus tard. C'est bien cela, Bryn ?

— Oui.

— Charlie, est-ce vrai ?

— Oui.

— Bien ! Charlie, oubliez mon fils pour l'instant. Il a largement de quoi s'occuper. Venez vous installer quelques jours chez moi. Bryn vous fichera la paix pendant ce temps-là. Cela lui laissera le temps de réfléchir à sa vie et à ce qu'il veut en faire ! Bref…

Elle haussa les épaules en soupirant.

— Ça ne me regarde pas. Pour l'instant, je suggère que vous vous reposiez. Un bain chaud, Charlotte, un bon bain, ne me dites pas que ça ne vous tente pas ! Ensuite, une promenade dans les jardins. Bryn m'a dit que vous étiez fatiguée avant même de quitter votre pays… Dans trois jours, nous recevrons les chiens. Bryn ira en pendre livraison à l'aéroport et remplira tous les papiers.

— Va avec ma mère, Charlie, dit-il aimablement. Laisse-la s'occuper de toi.

— Je peux m'installer dans un B&B, dit-elle.

— C'est vrai, rétorqua Bryn d'un ton moqueur. Ce sera moins loin que de retourner en Australie. En plus, maman a la plus belle salle de bains que je connaisse et elle rêve de voir des invités s'en servir. N'est-ce pas, maman ?

— Un B&B ? Pourquoi, quand vous pouvez vous installer chez moi ? dit Alice, offensée.

Elle prit Charlie par le bras.

— Va-t'en, Bryn. Laisse-nous. Va donc t'occuper du bétail ou de ce que tu veux. Il y a une clôture à réparer. Ça chassera ta mauvaise humeur.

— Quelle mauvaise humeur ? Je vais très bien.

— Non, non, je vois que quelque chose te tracasse. Va-t'en et laisse-moi convaincre Charlie de venir prendre un bain dans ma somptueuse salle de bains.

Il avait raison. Vouloir retourner en Australie par le prochain avion ressemblait à un caprice. Elle était déraisonnable. Elle resterait au moins jusqu'à l'arrivée des chiens.

Allongée dans la baignoire de la baronne, dans une mer de bulles et de mousse parfumée, Charlie admirait le décor de la salle de bains tout en réfléchissant. Tout, autour d'elle, était rose. Tout, sauf sa vie.

Tout bien réfléchi, retourner en Australie était ce qu'elle avait de plus sensé à faire. Il y avait tellement de choses qu'elle ne comprenait pas, ici. Cet endroit. Cet homme… qui avait ravivé une flamme en elle.

Non, mieux valait ne pas s'aventurer sur ce terrain-là.

Elle s'enfonça un peu plus sous la mousse et pensa à tout ce qu'elle avait vu jusqu'à présent. La maison d'Alice était plutôt un manoir, et tout à l'intérieur y était rose bonbon : les tapis, les canapés, les fleurs dans les vases… Et, pour en rajouter encore, les pampilles des lustres captaient cette couleur et la réfléchissaient partout.

Elle leva les yeux au plafond. Des amours tout roses la regardaient dans son bain.

Où se trouvait Bryn en ce moment ?

Dans la maison principale ? Entouré de son personnel ?

En train de discuter de la meilleure manière d'accueillir et de loger ses animaux ?

Il était en colère, tout à l'heure. Mais peu importe. Dans une semaine, tout au plus, elle serait partie. Alors, qu'il soit fâché ou pas…

Là-bas, chez elle – se sentait-elle vraiment chez elle, là-bas ? – elle avait des amis. Elle avait des clients qui, sûrement, reviendraient vers elle.

Pour commencer, il fallait qu'elle quitte cet endroit. Qu'elle s'éloigne de Bryn.

— Arrête de penser à lui ! marmonna-t-elle tout haut.

Bryn. Bryn Morgan.

Lord Carlisle…

Oui, songea-t-elle, l'esprit de plus en plus confus : il était plus que temps qu'elle retourne chez elle.

Bryn était désespéré. Ce n'était pas ce qu'il avait prévu. Il n'avait pas amené Charlie ici pour qu'elle aille loger chez sa mère ! Alice l'avait subtilisée.

Que s'était-il passé ? Il était baron, cela lui donnait des droits, non ? Autrefois, un pair du royaume pouvait imposer à une épouse docilité et soumission.

Heureusement, ce temps-là était révolu. Et Charlie était beaucoup trop indépendante pour accepter la moindre autorité, du moins le pensait-il.

Pour l'heure, assis dans la cuisine devant des œufs au bacon – dont il donnait le gras à son collie –, il réfléchissait. Son père lui avait offert ce chien quand il n'était encore qu'un chiot. Bryn l'avait tout de suite adopté et baptisé Sadie. En ce moment, allongé en travers de ses pieds, il prenait ses aises. D'habitude, Sadie lui apportait une forme d'apaisement mais, aujourd'hui, rien ne semblait pouvoir le dérider.

Il aurait dû parler à Charlie. Mais, s'il l'avait fait, elle l'aurait rejeté. Résultat, il avait laissé exploser sa colère et l'avait effrayée.

— Qu'est-ce que tu ferais à ma place, Sadie ?

Le chien remua la queue, le regard implorant.

— Tu veux une autre tranche de bacon ? Tiens !

Comme Bryn soupirait et lui donnait un peu de viande, Sadie remua la queue en guise de remerciement. Si seulement elle pouvait lui souffler comment s'y prendre avec Charlie !

8.

Les trois jours qui suivirent passèrent comme dans un rêve. Charlie dormit, promena le labrador d'Alice, visita les alentours si différents de son paysage australien. Surtout, elle s'ingénia à éviter Alice. Elle était charmante, pourtant, amicale, extravertie et cherchait à lier conversation. Mais elle n'était pas d'humeur à bavarder. Quant à Bryn, il ne recherchait pas sa compagnie. Et tant mieux !

Chaque matin, il venait pendre son petit déjeuner chez sa mère – c'était un rituel immuable. Il était courtois mais distant. Cela tombait bien, elle aussi tenait à garder ses distances.

— Pourquoi n'habitez-vous pas dans la grande maison ? demanda Charlie à Alice.

— Bryn n'aime pas le rose, déclara-t-elle.

Bryn venait de quitter la cuisine. Dans sa chemise kaki et son pantalon en velours côtelé, il avait vraiment l'air d'un fermier. Ses cheveux, déjà en bataille, prouvaient qu'il avait travaillé avant même de déjeuner.

— Mon amour du rose n'est pas un caprice, poursuivit Alice.

Et elle se tut. Comme le silence se prolongeait, Charlie commença à se poser des questions. Que cachait donc

Alice ? Les avait-elle vus, Bryn et elle, se regarder ? Soupçonnait-elle quelque chose ?

— Après le drame, j'ai été très malheureuse, dit-elle doucement. Bryn aussi. Tous ces morts… Mon Dieu ! Mon beau-père, mon beau-frère et mon neveu habitaient dans la grande maison et nous, nous vivions ici. Et, tout d'un coup, nous nous sommes retrouvés à la tête de deux maisons pour trois. Bryn a arrêté ses études pour se lancer dans l'élevage. Moi, je me suis perdue dans mon chagrin et je n'ai rien fait du tout, jusqu'au jour où je me suis décidée à bouger un peu. J'ai tout peint en rose. Pour m'occuper. Je sais, c'est trop, mais j'avais perdu le sens de la mesure. Un jour, Bryn m'a lancé : « C'est le rose ou moi. » Nous étions très malheureux tous les deux. Le grand-père de Bryn, lui, errait comme un fantôme dans le mausolée qu'était devenue la grande maison. Alors Bryn s'est s'installé avec lui. Le pauvre ! C'était très courageux de sa part. Impossible d'oublier, là-bas ! Impossible de passer à autre chose, de s'amuser un peu. Je n'aurais jamais dû le laisser faire. Enfin… Il s'est beaucoup occupé de son grand-père, et je lui en suis très reconnaissante. Mais j'ai quand même des regrets de…

Sa phrase resta en suspens, tandis qu'elle jetait un coup d'œil par la fenêtre.

Suivant le regard d'Alice, Charlie aperçut Bryn qui marchait, dehors, flanqué de son collie et l'imagina, jeune homme, contraint d'abandonner ses études pour se consacrer à l'élevage, choqué, comme sa mère et son grand-père, par le deuil qui les frappait.

— On ne le reverra pas de la matinée, reprit Alice. Ensuite, il ira chercher les chiens. Mais vous n'allez pas partir sans avoir vu la grande maison, tout de même ! Vous aurez sûrement des idées de déco à me donner puisque c'est votre métier. Tôt ou tard, Bryn l'occupera pour de bon et refera les peintures. Je crois que le rose…

Sur ces mots, elle tourna les talons.

— À tout de suite. Je vais me refaire une beauté.

Et elle s'éclipsa.

En compagnie d'Alice, Charlie fit le tour complet de la demeure. Elle comprenait mieux maintenant son goût prononcé pour le rose. Ici, tout était ancien, sombre et poussiéreux. Avec le rose, Alice avait essayé d'égayer cet ensemble lugubre.

— Nous n'y mettons pas souvent les pieds, dit-elle. Juste un coup d'œil de temps en temps.

Les pièces se succédaient, plus déprimantes les unes que les autres avec leurs tentures décolorées par le soleil, leurs meubles ternis. Elle découvrit une très grande chambre avec un lit fait, mais il ne donnait pas envie de s'allonger. Dans la cheminée, il restait des cendres d'un feu éteint depuis longtemps.

— C'était la chambre du grand-père de Bryn. Quand Bryn a hérité le titre de baron, je lui ai dit de s'y installer, car c'était là que tous les barons Carlisle dormaient depuis la construction de Ballystone Hall. J'ai demandé qu'on lui prépare la chambre. Il faudra bien qu'il l'accepte un jour mais, pour l'instant, l'idée de remplir ce rôle… Seul…

Elle hocha la tête comme pour se libérer d'un poids et entraîna Charlie dans la pièce voisine.

— C'est fou ! Combien y a-t-il de chambres ?

— Quinze ! Si je ne me trompe pas et sans compter

celles du personnel qui sont en haut et très laides. Jamais je n'aurais fait coucher les domestiques là-dedans. De toute manière, ce n'est plus d'actualité, nous n'avons plus personne pour nous servir, juste une dame du village pour le ménage. Bryn dit qu'avoir du personnel à temps complet est très agaçant. En revanche, nous avons des ouvriers agricoles pour la ferme. Tenez, venez, je vais vous montrer les pièces à vivre…

Les pièces à vivre ! Comme le reste, elles étaient sinistres et n'avaient pas dû être occupées depuis des lustres. Il y avait des salons de réception, une salle de bal, une pièce immense qui faisait office de salle à manger, une bibliothèque à couper le souffle…

Passant de pièce en pièce, Charlie réfléchissait. Elle avait raison de vouloir fuir. Quoi qu'en dise Bryn, cet endroit n'était pas pour elle.

Après l'office, elles entrèrent dans la cuisine et s'arrêtèrent. C'était très grand et, contrairement aux autres pièces, celle-ci servait. Bryn y avait installé son bureau. Il y avait un ordinateur à un bout de la table et des documents étalés tout autour. Un plaid couvert de poils de chien recouvrait un canapé placé devant un téléviseur. Ce n'était pas moderne, mais c'était chaleureux et chargé d'histoire, de camaraderie, de souvenirs de ripailles, et de rires… On s'y sentait bien.

— On pense poser du…

— Linoléum, par terre.

C'était Bryn, debout à la porte, qui regardait sa mère avec un sourire à la fois tendre et exaspéré.

— Charlie, que ferais-tu, toi, dans cette cuisine ? lui demanda-t-il lui souriant franchement.

Le souffle coupé, elle tenta de reprendre sa respiration.

— Je ne mettrai sûrement pas du lino, dit-elle. Ce serait un crime. Ce sol en pierre est superbe. Toute la cuisine est superbe, il faut la garder dans son jus. Il n'y a que les poutres que je sablerais. Vous pourriez les lasurer en…

— En rose, intervint Alice.

Entendant Bryn et Charlie éclater de rire, elle se retourna et, au lieu de se vexer, rit avec eux.

— Je sais, je sais. J'ai exagéré avec le rose. Je n'y peux rien, j'avais besoin de gaieté à l'époque. Mais ça va, maintenant. Je peux passer à une autre couleur. Bryn, je n'ai pas encore montré les dépendances à Charlie. Je te laisse faire, je vais m'occuper de mon jardin !

Elle fit quelques pas et se retourna sur le seuil de la porte avec ce regard qu'ont toutes les mères du monde quand elles s'adressent à leurs fils.

— Mets de l'ordre dans ta chambre, Bryn, sinon…

Elle se tut et, pivotant sur ses talons, ajouta :

— Elle ne restera pas !

Sur ces mots, elle disparut.

Elle ne restera pas !

La faire changer d'avis ne serait pas simple, songea Bryn. Pourquoi lui avait-il menti – par omission – dès le début ? Par peur de l'effrayer ? La vérité n'aurait pas changé grand-chose, de toute façon. Elle n'avait accepté de venir que pour assurer une fin de vie heureuse aux animaux de sa grand-mère. C'était tout. Elle resterait le temps qu'il remplisse sa promesse et, ensuite, elle s'en irait.

Retrouver sa ferme… et ses dettes.

Évidemment, il pouvait l'aider financièrement, mais

elle n'accepterait jamais. Avait-il une chance de la revoir une fois qu'elle serait partie ? Aucune.

— Tu cherches des travaux d'architecte d'intérieur ? Eh bien, vas-y. Cette maison est à revoir. Occupe-t'en. Reste.

Elle pointa le menton vers lui.

— Pourquoi veux-tu que je reste ?

— Parce que ça me plaît.

— Je ne comprends pas.

— Si, tu comprends. Mais tu as peur.

— Non, je suis prudente et j'ai mes raisons.

— Accepte ce travail puisque tu en cherches. Reste avec ma mère. Elle adorera. Prends le temps de faire le tour de ce mausolée, vois comment le rendre vivable. Et évalue le coût. C'est trop grand pour un homme seul. Même pour un homme avec femme, enfants et chien. Je pense qu'on pourrait en faire un gîte pour citadins en mal de campagne. Cette maison est suffisamment grande pour être divisée. Ça pourrait être amusant.

— Amusant ?

— Oui. Pour toi et pour moi. C'est ce qui te manque dans la vie, Charlie. T'amuser.

Il l'observait, attendant sa réaction, mais elle ne cilla pas. Elle avait le visage fermé, comme si elle redoutait un piège.

Il avait assez vécu pour savoir qu'il était inutile d'insister. Mieux valait qu'il batte en retraite. Mais qu'avait-il fait qui justifie pareille méfiance ?

Il ne put s'en empêcher, il reprit.

— Ça ne t'amuserait pas qu'on arrache ensemble les vieux papiers peints ? Qu'on trie, décide des objets à jeter, à donner, à garder. Qu'on voie ce qui pourrait servir à nos hôtes, à nous…

— À nous ?

— À ma mère et moi.

Comme elle n'avait pas l'air convaincu, il décida de se jeter à l'eau. Après tout, il n'avait rien à perdre.

— Charlie, je vais être franc avec toi.

Il plongea les mains dans ses poches pour éviter un geste, une caresse, qui l'aurait fait fuir.

— Je suis tombé amoureux de toi. Tu es la femme avec laquelle je veux vivre, mais tu me regardes comme un ennemi. Je ne comprends pas pourquoi.

Elle le fixa d'un air ahuri.

— Amoureux ? Mais… Nous nous connaissons à peine !

— Si, depuis un mois. Je sais, c'est un peu fou, mais sais-tu ce qui est encore plus fou ? C'est que j'ai su que j'étais amoureux de toi quelques instants à peine après t'avoir rencontrée. Maintenant, réponds-moi franchement. Éprouves-tu le même sentiment pour moi ?

— Impossible ! s'exclama-t-elle.

— Comment cela, impossible ?

— Tu es le baron Carlisle de Ballystone Hall. Toutes ces terres t'appartiennent. À perte de vue. Si nous vivions ensemble… Pardon, si nous étions mariés… je serais la baronne Carlisle ? Lady Carlisle ? C'est ridicule, non ?

— Sous prétexte que j'ai un titre de noblesse, tu changes d'attitude envers moi ? Je suis fermier, Charlie. C'est tout. Le reste est un accident de naissance.

— Oui, mais tu ne m'en avais pas parlé.

— Parce que, moi-même, j'ai du mal à assumer tout

ça. Mais je ne peux faire autrement qu'accepter. Je suis coincé et je ne supporte pas que tu me juges pour ça.

Silence. La comtoise dans l'angle de la pièce commença à sonner. Une, deux, trois… dix heures.

Il sentait la colère le gagner. Ainsi qu'un terrible sentiment d'injustice.

— Je ne peux pas te forcer, reprit-il.

Sa voix était teintée de déception.

— Je ne peux pas te forcer à me croire. Je ne te force à rien. Ce que je dis, c'est qu'il y a du travail pour toi, ici. Tu peux rester, faire des plans, réfléchir à ce que tu aimerais pour cette maison. Je te fais confiance pour ne pas tout barbouiller de rose…

Il jeta un coup d'œil à sa montre, geste inutile puisque l'horloge venait de sonner, et qui trahissait sa nervosité.

— J'ai pas mal de choses à faire avant d'aller chercher les chiens. Tu as de la chance, il n'y a pas de place pour toi dans la voiture. Tu serais obligée de me supporter pendant des heures. Qui sait de quoi je serais capable !

— Qui dit que je ne te crois pas ?

— Peu importe. Je ramène les chiens et je m'en occuperai, comme je te l'ai promis. Tu le crois, au moins ? Pour le reste, oublie !

Oublier ? C'était vite dit.

Elle se sentait inutile. C'était à elle d'aller chercher ses chiens, pas à lui. Il le faisait par pure gentillesse, après avoir dépensé une fortune pour ces animaux. La moindre des choses était de lui faire confiance.

Mais comment avoir confiance en lui quand elle n'avait même pas confiance en elle ? Elle ne s'estimait pas digne de ce luxe, pas digne d'un homme comme lui. Ce milieu n'était pas le sien, elle ne s'y sentirait jamais à l'aise.

Une fois Bryn parti, elle erra dans la maison, s'arrêtant parfois pour regarder dehors. Les collines déroulaient leurs prairies jusqu'aux montagnes au loin, le bétail broutait dans les pâturages. En bas de la route, le petit village ramassé autour de son clocher semblait dormir encore sous le soleil matinal.

Cet endroit était fabuleux.

Bryn lui offrait de rester ici. Avait-elle le droit de refuser ?

Il avait envie d'elle.

Mais pour combien de temps ?

Fonce ! Qu'est-ce que tu risques à faire confiance une nouvelle fois ?

Ce qu'elle risquait ? Donner son cœur maintenant et souffrir ensuite.

C'est décidé. Je m'en vais !

9.

Tout excités après un vol de vingt heures, les chiens débarquèrent de la camionnette de Bryn en aboyant et se précipitèrent sur Charlie qui les attendait avec Alice.

Dépité depuis qu'elle lui avait dit qu'elle partait, Bryn regardait la scène avec étonnement et colère. Comment Charlie pouvait-elle abandonner ces animaux qu'elle aimait tant ?

Comme une chienne s'approchait de lui, il se pencha pour la caresser.

— Allez, Dottie ! Doucement !

Sa mère, qui l'observait, lui souffla tout bas :

— Tu l'aimes, n'est-ce pas ?

Il ne broncha pas.

— Mon chéri ? Tu aimes Charlie, non ?

— Oui, avoua-t-il.

— Mais elle veut repartir chez elle, c'est ça ?

Il haussa les épaules.

— Chez elle, si l'on peut appeler ça *chez elle* ! Elle n'a pas un sou, pas de travail, rien. Ici, je peux lui offrir…

Il haussa de nouveau les épaules.

— Peu importe. Qu'elle aille où elle veut !

— Tu pourrais l'accompagner.

— Et te laisser avec les chiens ?

— Oui, tu aurais une raison valable. Je les laisserai

partager le salon rose avec moi. Trêve de plaisanterie, nous dînons tous ensemble, ce soir, dans la grande salle à manger. Nous avons sept nouveaux pensionnaires et il faut fêter leur arrivée !

Elle appela Charlie qui s'était éloignée.

— Charlie, revenez vers nous ! Quant à toi, Bryn, emmène-la montrer leur nouvelle maison aux chiens. Je vais m'occuper du festin.

— Ne vous donnez pas tant de mal, Alice, dit Charlie.

— Ne vous inquiétez pas, répondit Alice d'un air mystérieux.

Quand arriva le moment de passer à table, les chiens, épuisés, manifestèrent bruyamment leur satisfaction de s'allonger devant le feu.

Charlie aussi était épuisée, mais sa fatigue n'était pas physique. Bryn l'avait emmenée, avec les chiens, faire une promenade dans la propriété. Il était resté silencieux, sauf pour lui montrer les veaux dont il était si fier et le pré où Cordelia et son petit trouveraient leur place.

Il faisait une journée magnifique. Bryn n'avait pas semblé choqué qu'elle ne parle pas. En vérité, il avait l'air indifférent.

De plus en plus tendue, Charlie s'interrogeait. Pourquoi était-elle incapable de se détendre ? Pourquoi ne pouvait-elle pas considérer Bryn comme un ami ? Ou – quand elle était honnête – pourquoi était-elle incapable de voir en lui plus qu'un ami ?

Elle était idiote. Et lâche. Et ces questions sans réponse la fatiguaient.

Après s'être changée pour le dîner, elle entra dans la

grande salle à manger. Alice avait mis les petits plats dans les grands.

— Nous fêtons ici un grand événement, annonça-t-elle.

Un grand événement ? Qu'y avait-il de si spécial, ce soir ? À part le fait que c'était son dernier dîner avec eux ? D'ailleurs, elle n'avait pas faim et chipotait dans son assiette.

— Je me suis renseigné sur les vols quand j'étais à l'aéroport, dit Bryn. Il y a des disponibilités, mardi. À moins que tu ne préfères attendre l'arrivée de Cordelia.

— Non, dit-elle un peu vite.

Elle tenta de se rattraper.

— Je suis désolée, mais il faut absolument que je rentre.

— Qu'y a-t-il de si urgent là-bas ? s'enquit Bryn, dépité.

— Des amis m'attendent et j'espère avoir des demandes de devis pour des rénovations. Les people cherchent toujours à impressionner leurs *amis* !

— J'en conclus que vous préférez travailler pour ces gens-là que pour le domaine de Ballystone ?

Bryn leva la main pour arrêter sa mère. Il ne voulait pas qu'elle se montre trop insistante.

Mais Alice reprit.

— Je sais que Bryn n'aime pas le rose, mais il n'y a pas que le rose. Pourquoi pas du bleu, on aurait l'impression d'être au bord de la mer. Et on pourrait…

Mais Charlie n'écoutait plus. Elle regardait Bryn qui la regardait lui aussi. Ils se sourirent et…

Le téléphone sonna.

Bryn alla décrocher et revint très vite, l'air ennuyé.

— Les bêtes de Grady sont sorties de leur enclos, dit-il à sa mère. Les nôtres les ont suivies.

— Ewan Grady est un de nos métayers, expliqua Alice. Bryn, as-tu besoin d'aide ?

— Ewan et son fils sont déjà sur place, répondit Bryn. On n'a pas besoin de personnes qui ne connaissent pas les lieux.

Il se tourna vers Charlie et dit d'un air grave :

— Bonsoir, Charlie. Bonne nuit.

Et il s'en alla, les laissant interloquées, sa mère et elle.

— Je ne suis pas inquiète, dit Alice, après quelques secondes.

Elle avait vu son mari partir nettoyer une citerne à eau et elle ne l'avait pas revu. Sa fille…

— Parce que je sais qu'il sait ce qu'il fait.

— À votre place, je ne pourrais pas m'empêcher de m'inquiéter.

— Il faut faire confiance, déclara Alice. Sinon, on devient fou.

Charlie ne put s'empêcher d'aller à la porte et de regarder les feux arrière de la voiture disparaître au loin.

Elle n'était donc d'aucune utilité.

Elle ferma les yeux. Le contact de la main d'Alice sur son bras la sortit de sa rêverie.

— Venez donc m'aider à la cuisine, dit Alice gentiment. Et ne faites pas cette tête, ma chère enfant. Ou alors, pensez à ce que vous pouvez faire pour que votre situation…

— Je ne peux pas…

— Je suis convaincue que si.

Entourée par les chiens, Charlie suivit Alice.

— Ils vous adorent, dit Alice.

Charlie les regarda en souriant et s'arrêta net. Elle compta. Recompta.

— Alice, dit-elle affolée, où est Flossie ?

— Flossie… Flossie…

— Elle a dû suivre la voiture de Bryn, dit Charlie. La porte était ouverte et je n'ai pas fait attention.

Si Flossie l'avait suivi jusqu'au bout, il la verrait et la ramènerait. Si tout allait bien, mais…

— On peut y aller ? demanda Charlie qui enfilait déjà sa veste.

— Bien sûr. Bryn ne veut sûrement pas d'elle pendant qu'il ramène le troupeau.

À l'arrivée de Bryn, Ewan et son fils avaient presque fini de regrouper les bêtes, mais la clôture était toujours par terre.

— Peux-tu aller chercher une corde qu'on fasse une réparation de fortune ? demanda Bryn à Ewan. Mais fais attention au puits qu'ils ont creusé pour extraire le gaz de schiste, les ouvriers ne l'ont pas encore sécurisé. Je ne tiens pas à voir quelqu'un tomber dedans.

— Bon Dieu…

Un cri déchira la nuit. Pas un cri humain, un cri strident suivi d'un bruit de chute de pierres et de quelque chose de lourd qui tombait.

Un chien.

Ewan et Bryn s'arrêtèrent, se regardèrent.

— C'est un de vos chiens ? demanda Ewan. Il vous aura suivi, sans doute.

— Bon Dieu ! Flossie ! Finis de ramener les vaches, je vais voir.

Bryn courut vers le puits.

— Bon sang ! s'exclama-t-il. Pourquoi a-t-on autorisé la compagnie à creuser là ?

Inquiet pour les enfants en mal d'aventure et pour ses bêtes si elles s'échappaient de leur enclos, il avait déjà appelé le responsable de la mine et exigé que ces puits soient fermés. Immédiatement.

Mais à ce jour, hélas, rien n'avait été fait.

Le puits d'où venait la plainte était sans doute le plus profond.

Flossie…

Au volant de sa limousine, Alice monta la côte bordée de résidus miniers et s'arrêta derrière la voiture de Bryn. Charlie mit aussitôt pied à terre. Un homme encourageait deux vaches récalcitrantes à rejoindre le reste du troupeau.

— C'est Ewan, dit Alice à Charlie. Il habite la ferme voisine. Ewan, as-tu vu…

— Le chien ? Oui, enfin, façon de parler. Je l'ai surtout entendu. Il est tombé dans le puits de la mine. Le baron est parti voir. Vous, mesdames, restez là, je vais voir ce qu'il en est.

— Ils ont bien saccagé le paysage, grommela Alice. Ces puits sont affreux ! On voulait les boucher, mais l'Organisme de sauvegarde de l'environnement nous l'a interdit. Ils veulent que ce soit fait dans les règles de l'art, par eux et eux seuls. Le problème, c'est qu'ils ne bougent pas !

— Classique ! déclara Charlie, la voix étranglée par l'inquiétude.

Au loin, deux lanternes brillaient.

— Qu'est-ce que c'est ? demanda-t-elle.

— Sans doute Ewan qui a rejoint Bryn.

Elles approchèrent. En effet, les deux hommes, à plat ventre, des torches posées à côté d'eux, essayaient de distinguer le fond du puits. Habitués à récupérer des veaux égarés, ils étaient bien équipés et sûrement compétents. Ce qui ne voulait pas dire en sécurité…

Les entendant arriver, Bryn tourna la tête vers elles. Le sol était humide et, sous la boue qui maculait ses joues, son inquiétude était visible.

— Elle est tombée, Charlie. Je suis désolé.

— Je vais la faire sortir, dit Charlie en faisant un pas vers lui.

Mais Alice la retint.

— Le sol est instable, grogna Ewan. Même le baron ne devrait pas être là.

À cet instant, une plainte monta du fond du puits.

— C'est profond ? Combien ? demanda Charlie qui commençait à paniquer.

— C'est profond. Mais je l'aperçois. Elle est en équilibre sur une planche à six mètres environ mais, si elle bouge, elle tombera plus bas. Je vais descendre la chercher, dit-il. Allez demander de l'aide pour nous remonter, elle et moi.

Charlie se tourna vers Alice.

— Flossie, c'est un chien… Je ne veux pas que Bryn… C'est terriblement dangereux.

Alice avait déjà perdu un mari, une fille et voilà que son fils…

— Non, il ne faut pas qu'il descende.

— Bryn n'est pas idiot. Il sait ce qu'il fait. Il n'essayerait pas s'il n'était pas sûr de réussir. Je lui fais confiance et vous devriez en faire autant.

Faire confiance ? C'était impossible ! Il allait se tuer !

— Charlie, ce n'est pas la fin du monde, dit Bryn en tournant de nouveau la tête vers elle. Je vois les parois du puits. Elles n'ont pas l'air de s'effriter. Et puis, officiellement, Flossie est à moi. C'est mon chien. Elle est chez moi. Sur mes terres. C'est ma décision. Explique-lui, maman.

Alice esquissa un sourire.

— C'est Bryn Morgan, dit-elle, un zeste de moquerie dans la voix. C'est le douzième baron Carlisle de Ballystone Hall et ce qu'il dit n'est pas négociable. Nous sommes des sans-titre, ma chère. Tout ce que nous pouvons faire, c'est lui faire confiance.

Confiance... Encore ce mot. C'était une plaisanterie !

Charlie soupira. Lui accorder sa confiance ? Pour l'heure, elle n'avait pas le choix.

Soudain les métayers, le personnel de Ballystone, le vétérinaire, tous se précipitèrent pour prêter main-forte, ce qui rassura un peu Charlie.

À son côté, Alice, qui n'en menait pas plus large qu'elle, s'efforçait de ne pas laisser percer sa peur.

— Charlie, dit-elle. Ce qu'il fait là, ce n'est pas seulement pour le chien. Il le fait pour lui. Et pour moi.

Elle hésita un instant et ajouta.

— Et pour vous, aussi.

— Comment cela ?

— Il en a besoin. Il ne se passe pas un jour sans qu'il se reproche le drame de Ballystone. C'est lui qui avait acheté la fameuse pompe et expliqué à son père comment s'en servir. Il ne pensait pas... Personne n'avait jamais imaginé qu'un jour son père l'utiliserait dans une citerne *enterrée*.

Elle hocha la tête comme pour chasser un cauchemar.

— Ça suffit. C'est du passé, maintenant… Bryn est un battant. Il doit apprendre à croire en lui.

Bryn ? Bryn ne croyait pas en lui ? C'était risible.

Charlie se repassa le film de la journée. L'arrivée des chiens. Le bétail échappé. Alice et sa maison toute rose. La froideur de Bryn. Son titre intimidant. Flossie tombée dans un trou…

— Comment pouvez-vous supporter de le voir faire ça ? Vous n'avez pas peur de le perdre ?

— Je ne le perdrai pas. Et vous ? Vous êtes prête à le perdre ? Il est à vous si vous le voulez, Charlie, mais cela suppose que vous croyiez en vous et que vous vous fassiez mutuellement confiance. Surtout, il faut que vous vous aimiez. Beaucoup.

Sa voix se brisa. Charlie se détourna pour lui laisser le temps de sécher une larme furtive.

— Bryn attend qu'on l'aide. Arrêtons de jacasser et allons-y !

— Bien, dit Bryn. Je vous explique…

Les deux équipes qu'il avait formées se rapprochèrent.

— Voilà comment nous allons procéder…

Il regarda Charlie, qui ne le quittait pas des yeux, et poursuivit. Mais elle ne l'entendait plus.

Elle le vit croiser les doigts et la fixer. Leurs regards se soudèrent. Il ne dit pas un mot, mais elle comprit ce qu'exprimaient ses yeux.

C'était une promesse tacite : *Je reviendrai pour toi.*

Encouragé par la force que Charlie lui insufflait, il entama sa descente dans l'enfer noir du puits de schiste.

Charlie vécut l'attente – la plus longue de sa vie – comme une torture. Tous étaient concentrés. La moindre erreur pouvait provoquer l'éboulement des parois friables du puits. Au comble de l'angoisse, Charlie pinçait le bras d'Alice qui pinçait le sien en retour. Aucune d'elles ne pipait mot. Ce moment scellait leur amitié. Dorénavant, elles étaient liées par leur amour pour l'homme qu'on aidait à descendre dans le puits.

L'amour. Que de formes il pouvait revêtir ! Le premier amour. Tout fou. Ou l'amour désenchanté, comme celui qu'elle avait éprouvé pour l'homme qu'elle avait épousé… Ou cet amour-là. Que le temps magnifiait. Qui embellissait chaque jour davantage. Un amour profond, durable. Un amour qui transcendait la simple romance.

Elle regarda autour d'elle. Ils étaient tous concentrés mais semblaient confiants.

Sans s'en rendre compte, elle murmura son nom.

— Bryn…

Un ordre étouffé monta alors de ce qui lui semblait les entrailles de la terre.

— On remonte !

C'était lui, Bryn. *Son* Bryn.

Le hisser hors du puits présentait autant de risques que de l'y faire descendre. Les secours ne devaient pas relâcher leur attention.

Remontait-il avec Flossie ? Malgré sa tendresse pour ce chien, les pensées de Charlie étaient ailleurs. Personne ne ne parlait. La tension était extrême. La remontée se passait-elle bien ? Elle faillit poser la question, mais n'osa pas. C'était pourtant de son Bryn, de son amour, de son homme, qu'il s'agissait.

Faisant preuve d'une maîtrise étonnante chez un

homme aussi jeune, Ewan dirigeait les opérations avec autorité. Bryn arriva enfin. Sa tête apparut. Il vit d'abord sa mère et lui sourit. Puis… elle.

Il la regarda, et la défiance qui l'habitait jusque-là s'envola, comme si elle n'avait jamais existé. Au bord des larmes – des larmes d'émotion –, elle sourit comme elle n'avait jamais souri et avança vers cet homme qu'elle voulait prendre dans ses bras.

À cet instant, elle comprit que son cœur était à lui. Que son amour pour lui serait irréversible.

Flossie fut aussitôt dirigée vers la clinique vétérinaire. Par miracle, elle avait survécu à sa chute. Elle était blessée, plus grièvement que le jour où il l'avait renversée, mais elle s'en remettrait. Dans un concert d'applaudissements, on se congratula, s'embrassa. Bryn avait pris Charlie par la taille et la serrait contre lui.

La limousine d'Alice s'étant embourbée, ils repartirent tous ensemble, dans une autre voiture. Soudain, dans le silence qui régnait dans l'habitacle, la voix de Bryn s'éleva.

— Il y a de la place dans mon lit, ce soir.

Aux anges, ce qu'elle attendait depuis qu'elle avait vu Charlie, Alice sourit.

— Nous y voilà enfin ! s'exclama-t-elle.

Elle embrassa Charlie et s'empressa de rentrer dans sa maison, refermant précipitamment la porte derrière elle.

Charlie n'hésita pas une seconde. Elle entra avec Bryn chez lui, dans ce grand mausolée de Ballystone Hall où elle se sentait soudain chez elle, par la seule magie de l'amour.

Ils se douchèrent. Ensemble. Le corps de Bryn portait

des marques de brûlures provoquées par la corde qui avait servi à le descendre dans le puits, et des égratignures faites par une Flossie affolée.

Charlie lava ses plaies, les embrassant tour à tour avec tendresse.

Après l'avoir enveloppée dans une grande serviette, Bryn prit Charlie dans ses bras et monta dans la grande chambre où il la déposa sur le lit dans lequel des générations de barons Carlisle de Ballystone Hall avaient dormi.

— Mon amour, il est temps que nous soyons là où est notre place, lui dit-il.

Il l'allongea sur le lit, et elle lui sourit. Alors, lui tendant les bras, elle l'attira à elle…

Elle se réveilla à l'aube, blottie dans ses bras, tiède de sa chaleur.

— Je t'aime, Bryn, murmura-t-elle.

Les bras qui la tenaient la serrèrent plus fort.

— J'espère car tu es ici chez toi et pour toujours.

Pour toujours…

Les mots qu'elle rêvait d'entendre, un jour.

— Bryn…

— Oui, trésor ?

— Bryn, je ne t'ai pas fait confiance et je m'en veux, maintenant.

— La vie t'avait appris à te méfier et tu avais retenu la leçon. Aujourd'hui que je suis là, plus personne ne te malmènera.

Elle l'étreignit, et il roula sur elle. Enlacés, ils s'embrassèrent et il n'y eut soudain plus de place pour les mots…

— Je sais que ce n'est pas comme cela que l'on fait mais tant pis… Charlie, veux-tu m'épouser ?

L'épouser ? Se réveiller chaque matin dans ses bras ? L'aimer et être aimée ? Comment pouvait-il poser une telle question ?

Elle lut le doute dans ses yeux. Comment pouvait-il encore douter d'elle et de son désir ?

— Est-ce que je veux t'épouser ? Oui, mon amour. Oui. De tout mon cœur.

Ils firent de nouveau l'amour et s'endormirent. Quand ils se réveillèrent, le soleil était haut dans le ciel et la voix d'Alice résonnait dans l'escalier.

— Dites donc, vous deux ! Vous pourriez décrocher le téléphone.

Les pas d'Alice approchaient. Elle était capable de faire irruption dans leur chambre !

— Mon portable a dû tomber dans le puits hier, prétendit-il. Maman, tu veux bien aller promener les chiens ? Charlie et moi sommes… occupés.

— Occupés !

— Oui.

— Je voulais t'annoncer que Thomas a été arrêté en Thaïlande. Il va être extradé et jugé ici.

— Excellent !

— Ça ne te fait pas plus d'effet ?

— Si… Ç'en est fini de ses escroqueries, maintenant. C'est bien. Pour le reste, ça m'est égal. J'ai bien autre chose à faire et c'est tellement plus important. Charlie et moi sommes fiancés, maman.

— Je suis heureuse, mon fils ! Si tu savais comme je suis heureuse.

10.

Le mariage de Bryn Thomas Morgan, douzième baron Carlisle de Ballystone Hall fut qualifié par toute la presse people britannique d'événement de l'année. Impatients de filmer et de photographier les mariés, les journalistes spécialisés affluèrent, s'attendant à des épousailles en grande pompe.

Ils en furent pour leurs frais.

Après une messe dans la chapelle de la propriété, un cocktail était prévu pour les intimes et les relations proches. Alice s'était chargée de la décoration de la fête et tout était en rose. Pourquoi, alors qu'eux-mêmes étaient si heureux, l'auraient-ils privée de ce plaisir ?

Les chiens n'avaient pas été oubliés. Ils étaient dix, en comptant ceux d'Alice et Sadie. Flossie boitait encore et aboyait de joie. Une délégation australienne – des proches de Charlie – avait fait le déplacement. Alice rayonnait. Elle avait choisi sa robe avec Charlie, une tenue simple mais ravissante. Charlie avait accroché les boucles d'oreilles en diamant des baronnes Carlisle à ses oreilles. Elles « castellisaient » son décolleté, comme elle disait souvent quand elle rénovait une demeure. Elle rayonnait comme un soleil d'été.

Devant l'assemblée réunie, comme s'ils avaient été seuls au monde, Bryn souleva Charlie et la fit tournoyer au-dessus de lui. Sa robe, une mousseline légère, vola autour de ses jambes comme un nuage de chantilly.

Les invités applaudirent, ramenant les mariés à la réalité. Quand Bryn serra de nouveau Charlie contre lui et l'embrassa à l'étouffer, elle ne cria pas grâce.

Son bonheur était immense. Indescriptible. Indéfectible. Elle aimait cet homme de tout son cœur. Cet homme qu'elle croirait jusqu'à son dernier souffle. Son homme.

PASSIONS

Rêve. Trahison. Tentation.

Un homme et une femme.
Deux héros que tout oppose.
Ils n'ont rien en commun…
Ils ne croient plus en l'amour…
Ils sont amants… Ils sont rivaux…
Ils n'étaient pas censés s'aimer.
Et pourtant…
Ils vont renouer avec la passion.

6 livres à découvrir tous les mois.